Tinto de verano

Tinto de verano

ELVIRA LINDO

AGUILAR

© De esta edición:
2001, Grupo Santillana de Ediciones, S. A.
Torrelaguna, 60. 28043 Madrid
Teléfono 91 744 90 60
Telefax 91 744 90 93

• Aguilar, Altea, Taurus, Alfaguara, S. A.
Beazley 3860. 1437 Buenos Aires
• Aguilar, Altea, Taurus, Alfaguara, S. A. de C. V.
Avda. Universidad, 767, Col. del Valle,
México, D.F. C. P. 03100
• Ediciones Santillana, S. A.
Calle 80 Nº 10-23
Bogotá, Colombia

Ilustración de cubierta: *Ada and Louise*, de Alex Katz
© VEGAP, Madrid, 2001
Ilustraciones interiores: Super Stock

1ª edición: marzo de 2001

ISBN: 84-03-09237-7
Depósito legal: M-6.831-2001
Impreso en España por Rógar S. A. (Navalcarnero, Madrid)
Printed in Spain

A mi marido, Antonio Muñoz Molina, que para mi fortuna, no es ningún santo.

Índice

Nostalgia del verano

Confieso que para mí escribir es difícil, y no sólo porque siempre es complicado contar con precisión lo que uno desea, sino porque escribir, tal y como yo lo entiendo, es arriesgarse, arriesgarse a confesar algo de lo que uno no está muy satisfecho, algo vergonzoso, las ligeras contradicciones que a diario te enfrentan con el mundo, las grandes, y, en alguna ocasión, puede que uno se permita también el lujo de compartir esos fogonazos de felicidad que a veces regala la vida. Escribir es contar una verdad, aunque esté encubierta por muchas mentiras. Es despojarse de todos los ornamentos con los que nos servimos en el trato con los demás para quedar bien, para ser sociables. Se ha dicho mucho eso de «yo escribo para que me quieran». No siempre es así, porque cuando se llega al momento tan inusitado de escribir sin miedo puede ocurrir que haya gente que cuando te lea deje de quererte, que atisbe cosas en ti que no sospechaba y que no le gustan, puede darse el caso de que unos te quieran mucho y otros sencillamente te detesten. Son muchas las ocasiones en las que un escritor ha quedado socialmente escaldado por contar aquello que le apetecía, o aún más que escaldado, que le han retirado literalmente el saludo, como le sucedió a Truman Capote cuando publicó los secretos inconfesables de una clase social que le había mimado en su último libro *Plegarias atendidas*. Pudo haberlo evitado y morirse en la gloria, pero por alguna razón íntima y poderosa, no lo hizo.

Cuando el periódico *El País* me pidió que escribiera un artículo diario para el mes de agosto confió —imagino que confió— en que yo escogería un tono humorístico para mi columna. Ya se sabe, algo refrescante para un mes en el que los periódicos pesan menos, los políticos se van de vacaciones y los comentaristas políticos se van tras ellos. Me pidieron que les diera una idea general de lo que pensaba hacer y yo contesté vagamente, con mucha palabrería, encubriendo mi propia ignorancia sobre aquello que iba a escribir, porque está claro que si uno se va a Nueva York, escribe sobre Nueva York, si uno sigue a los famosos a los lugares de veraneo, escribe sobre dichos famosos en dichos lugares, pero si uno se queda en una casa de campo de un pueblo aburrido, que a la hora de la siesta parece un pueblo del Oeste, ¿sobre qué escribe? Sobre qué se escribe en un pueblo donde no hay más que una calle solitaria en la que vuelan bolas de hierbajos cuando hace viento, y donde por la noche no hay más entretenimiento que la terraza del bar, no un bar, sino el bar, y los mismos vecinos dando las buenas noches en el paseo, no un paseo, sino el paseo, donde el paisaje social y visual del día a día se reduce a un jardín, un marido, unos hijos adolescentes que van y vienen, la inevitable televisión, las lecturas interrumpidas por el sopor, y un doble sentimiento que anida siempre en un espíritu contradictorio como el mío: el sosiego que me produce la tranquilidad y el desasosiego provocado por la misma tranquilidad, o lo que es lo mismo, la posibilidad de ser feliz con el silencio roto por un búho que canta en la noche y el deseo de volver a la ciudad de siempre, a los paseos nocturnos del verano sobre las aceras calientes, a los restaurantes helados por el aire acondicionado, a las tiendas, el ruido urbano, esos ruidos que casi se podría decir que conforman mis raíces. Unas raíces desastrosas, a menudo desagradables, pero sin las que me resultaría difícil vivir.

Con todo esto quiero decir que el material con el que contaba para escribir mis artículos era más bien pobre. No podía narrar un verano de agitación nocturna y, desde luego, no quise caer en la tentación de ironizar sobre esa gentecilla famosa que en verano se vuelve todavía más vulgar. Y ahí estaba mi principal dificultad, no tenía más remedio que contar mi propia vida, pero al mismo tiempo, siendo como soy una persona bastante pudorosa, aunque a estas alturas haya poca gente dispuesta a creerlo, tenía que encontrar un truco para no ser transparente: para no contar nada íntimo. Pensé, puede que inocentemente, pero lo pensé, que si escribía estas pequeñas historias de *Tinto de verano* camuflada por el disfraz del humor nadie se iba a tomar de verdad en serio que eran un retrato fiel de mi vida familiar. Es cierto que jugué con fuego porque utilizaba cosas que evidentemente se parecían a mi vida y que son bastante conocidas, como que estoy casada con el escritor Antonio Muñoz Molina (al que por otra parte nunca llamé por su nombre), pero como lo que hacía era servirme de ellas para adecuarlas según me convenía a la situación cómica que quería crear, no podía imaginar que el lector se estuviera divirtiendo porque creyera a pies juntillas todo lo que a mí me costaba tanto trabajo inventar. Luego vi (demasiado tarde) que muchos de los lectores estaban convencidos de que mis artículos les abrían las puertas de la intimidad más prosaica de un escritor muy conocido y de su mujer, conocida también (no es momento de ponernos humildes).

Creánme si les aseguro que no fui muy consciente de esta paradoja porque mi relación con la escritura es peculiar: yo hago mi trabajo, pongo en ello los cinco sentidos, sea un artículo, un guión o un libro, pero una vez que lo mando para que se publique, deseo olvidar lo que he escrito. No lo digo por esa especie de falsa humildad de algunos escritores que aseguran que nunca releen sus propios libros, no, yo no quiero volver a ver mis escritos porque los imagino llenos de errores espantosos, o de confesiones que me da vergüenza haber hecho. De tal manera que mi forma de trabajar era (es) la siguiente: escribía mi artículo, procuraba que la situación me divirtiera a mí, es decir, procuraba reírme mientras lo escribía, y si eso no sucedía, es que algún error estaba cometiendo; luego, llamaba a mi esposo, él lo leía y yo le miraba de reojo, si veía que él se reía, bien, si no se reía, fatal. Hasta qué punto sentía rechazo hacia lo escrito que le pedía que me corrigiera las comas o esa repetición que siempre se te pasa de alguna palabra. Luego daba al misterioso icono del correo electrónico y adiós artículo. No lo quería ver ni cuando salía publicado en el periódico.

Hasta el artículo noveno o el décimo puedo asegurar que no supe si alguien los estaba leyendo, si al público le divertían, no supe nada, porque ya digo que estábamos en el pueblo, con los amigos de vacaciones, y con un teléfono que no sonaba demasiado. Pero poco a poco fui sintiendo la respuesta del lector, me la fueron haciendo llegar los propios compañeros del periódico, alguien que nos llamaba desde la playa para decirnos que se reía, o la familia: «Aunque no llaméis sabemos de vosotros, por los artículos». Esto fue lo primero que me hizo sospechar que hasta «los míos» se lo creían todo. Se reían, sí, pero se lo creían. Y sinceramente, ahora que los he tenido que releer forzosamente para corregirlos me he dado cuenta de que hay tanta verdad como mentira en ellos, y que lo que hice fue convertir a cada persona de mi entorno en un personaje, incluso yo me creé un personaje para mí misma, una mujer neurótica, insatisfecha e insegura. Lo soy, claro, pero no siempre tan cómica como aquí aparezco y no siempre tan insoportable.

Con respecto al personaje secundario más importante de este libro, ese que responde al apelativo de «mi santo», es evidente que está inspirado en la persona con la que comparto la vida, pero el lector con un mínimo sentido del humor podrá imaginar que se trata de una caricatura, y si el lector es además un poco perspicaz se dará cuenta de que detrás de esa ironía hay sobre todo un gran amor y un gran respeto. Este personaje fue probablemente el que causó más asombro entre los que siguieron los artículos: ¿cómo me atrevía a hacer comedia con mi propio marido, teniendo en cuenta además que éste es una persona respetadísima y de un gran peso en nuestro mundo intelectual? Tengo la sospecha de que lo que verdaderamente inquietaba es que la que hacía el chiste era la mujer y no el hombre. En muchas ocasiones el hombre ha hecho sátira de la esposa, la ha retratado como manipuladora, ella la dueña y él un mandado, ella caprichosa y él paciente, ella siempre vigilante para que él no se tome esas libertades que todo hombre está deseando alcanzar en cuanto su señora le pierde de vista. Eso está escrito y muy escrito ya, en novelas y en artículos y en chistes gráficos y todos tenemos en la cabeza nombres de escritores que se han servido de su vida familiar para crear un mundo cómico. La mujer generalmente ha hecho estos comentarios satíricos en privado y si los ha expresado públicamente ha tenido precaución de que la sátira no se confundiera con su propia familia. En estos artículos los esquemas se trastocaron por completo: la que crea y describe la situación cómica es la mujer, y eso es algo que asombra hasta a las propias mujeres, porque si bien han sido muchas las que me han dicho que leyeron estos artículos con una sonrisa en los labios, también las hubo que me riñeron por pensar que había faltado el respeto a un hombre públicamente respetado (¡fervientes lectoras suyas que me afearon la conducta por faltar el respeto a mi marido! ¿No es en sí una situación absurda?). Sería poco inteligente por mi parte crearme un problema familiar por escribir un artículo pero es posible que haya lectores que me consideren poco inteligente, y están en su derecho.

Los personajes de mi familia y los amigos que aquí aparecen sabían muy bien cuál iba a ser el tono de la caricatura y en el caso concreto de mi esposo leía los artículos, como he dicho, antes de que salieran publicados. Tengo la suerte de estar rodeada de gente que tiene un gran sentido del humor, esos vecinos que de vez en cuando aparecen, alguna amiga, mis suegros, el director de esa misteriosa «academia» a la que mi marido va los jueves, mi padre... Mi padre merece un comentario aparte porque le dediqué un artículo entero pero podría haberme limitado a escribir únicamente sobre él porque da mucho de sí, y porque además no sólo no se enfadó cuando le saqué bebiendo whisky sin parar, fumando compulsivamente, comiendo como un bestia, sino que, como él presume de todos sus vicios, no le importó el retrato: enmarcó su artículo y ahí lo tiene, para que lo vean las visitas.

A mí me venía de perlas contar la parte excesiva de mi padre porque es francamente cómica, también me venía muy bien utilizar a un esposo intelectual, lector compulsivo, y amante del campo, para contraponerlo al personaje que yo interpreto en estos artículos, esa mujer nerviosa, amante de los humos urbanos. Hay mucho de cierto en estas caricaturas, pero también hay que recordar que mi intención era retratar a las personas por su lado más cómico, no hacer una descripción realista.

El verdadero retrato es el que debe completar el lector, o el que yo hago ahora, cuando ya ha pasado el tiempo: si mis familiares y amigos aguantaron el envite de ser protagonistas de esta comedia es que no sólo tienen un gran sentido del humor sino que son generosos y que me deben de querer mucho (su paciencia es una buena demostración de ello). Ahora, cada vez que nos reunimos en casa, les gusta bromear y alertar con que delante de mí hay que tener cuidado porque a la menor oportunidad les saco en el periódico.

Me gustaría que ahora estos artículos se leyeran como pequeños cuentos o como el relato de un verano. Pienso que no se debe contar la dificultad del proceso creativo porque casi nunca añade ni mejora en nada lo que ya está hecho, pero quiero permitirme el lujo de aclarar que aunque estos cuentecitos son muy sencillos, y ésa fue mi pretensión, que se leyeran en un suspiro, o casi que se pudieran leer en voz alta (por las cartas de los lectores sé de gente que lo hacía) para compartir la diversión, la sencillez no significa que yo los escribiera con facilidad, no, al contrario, puedo decir que me pasé el mes de agosto mirando la vida, mi vida, con los ojos de quien anda buscando en cada detalle cotidiano una lectura irónica. Vivía el día siendo muy consciente de que cada pequeña anécdota me podría servir de argumento y eso me hacía tener el cerebro en permanente ebullición creativa. Me gusta recalcar esto porque a las personas que escribimos humor con frecuencia se nos tacha de «ocurrentes», y la ocurrencia, para que sea buena, hay que trabajársela mucho, hay que pensársela, y cuando consigues una idea humorística que sea sólida, deja de ser ocurrencia, deja de ser un chispazo momentáneo de ingenio para convertirse en ironía. Y ya sabemos que las ocurrencias envejecen enseguida; sin embargo, los relatos irónicos pueden traspasar la frontera del tiempo.

A mí me gustaría que este relato de un verano pudiera desafiar el medio para el que fue creado, el periódico, y superado el verano en el que cumplió su tarea de diversión diaria, se lea en este libro como si fuera atemporal.

Cada una de estas pequeñas historias me trae recuerdos concretos, y más que me han de traer en un futuro, cuando nuestros hijos ya no sean adolescentes, cuando estén menos en casa, y nos acordemos con nostalgia de este verano que aquí se cuenta: de lo pesados que eran, de las risas absurdas que les daban por cualquier tontería, de las veces que nos trastornaban la configuración de la pantalla del ordenador haciéndonos sudar sólo de pensar que algún trabajo se podía haber perdido en el ciberespacio. Me traerá recuerdos de las lecturas de aquel mes, entre las que se encuentra en un lugar muy destacado Augusto Monterroso, al que leía con pasión intentando aprender algo sobre el arte de la ligereza, y también el novelón *Sombras sobre el Hudson* de Isaac Bashevis Singer, que me maravillaba por la riqueza humana que en él aparece, por lo tremendamente local que es, y por la vocación que el autor tenía de ser un escritor auténtico y popular, ya que fue una novela publicada por entregas en un periódico neoyorquino en yídish y seguida por numerosísimos judíos americanos. El periódico tiene esa cualidad, que vives y escribes al mismo tiempo. Por eso creo que estas historias de apariencia ligera y cómica me traerán en un futuro recuerdos muy sentimentales. Hay algunos que serán especialmente queridos: el ver cómo mi marido se hallaba inmerso, obsesionado, atrapado, por una novela a la que le faltaban dos meses de trabajo para colocar el punto y final: *Sefarad*. Mientras yo escribía estos cuentos ligeros él estaba en otra habitación viviendo en ese mundo imaginario en el que uno habita cuando está creando una historia en la que pone todo el corazón. También hay otros recuerdos, estos muy amargos, que no quisiera que se me olvidaran: es posible que el verano de 2000, concretamente el mes de agosto, sea recordado como un tiempo especialmente sangriento por el azote del terrorismo. La información periodística estuvo literalmente inundada de atentados, artículos de fondo sobre el asunto, opiniones, imágenes del terror en la televisión, tertulias en la radio, y mientras estos crímenes sucedían, y ensombrecían ferozmente la languidez habitual informativa de los meses de agosto, yo debía limitarme a contar el lado alegre de la vida. Confieso que a veces tenía que hacer un esfuerzo para que el mal sabor de boca no empañara toda la vitalidad que quería transmitir en mis relatos. Y aunque me encanta ser frívola no lo soy tanto como para que no me afectara lo que estaba pasando. Afortunadamente, a la vuelta del verano, ya en Madrid, una mujer, víctima ella del terror, me agradeció estos escritos que le alegraron la vida cuando tanta falta le hacía. Eso me hizo pensar en que hay que luchar contra ese complejo que a veces sufre el escritor humorístico, que por un lado se siente afortunado por divertirse escribiendo, y por otro desafortunado porque los demás no se lo toman demasiado en serio.

Fuera complejos: estos artículos, relatos breves, como se les quiera llamar, se escribieron para divertir al lector de periódicos y ahora se publican con la vocación de divertir al lector de libros. He hablado hasta ahora de la cantidad de gente que se sorprendió de que me atreviera a ironizar sobre mi propia vida. Sorpresa que me persiguió durante todo el mes de septiembre porque a la vuelta de vacaciones muchísima gente me preguntaba con una sonrisa ligeramente maliciosa si mi «santo» no me había echado de casa. Supongo que imaginan que él tiene menos guasa de la que tiene, y que yo tengo más malicia de la que tengo. Pero quiero acabar contando lo bueno, y lo bueno es que escribir a diario una historia que parecía muy personal pero que no lo era tanto, una historia que consistía en tomarse a uno mismo en broma y a los que te rodeaban, fue una experiencia deliciosa. Los que se preocupen por los problemas familiares que me pueda acarrear este irreverente retrato de familia, que no se inquieten, todo está controlado. Por fortuna, la mayoría de los lectores me siguieron el juego, hicieron lo que yo esperaba: relajarse, leer, y sonreír, y a veces, hasta reírse.

Ojalá en un futuro, cuando tal vez haya aprendido a escribir un poco mejor, no pierda la frescura ni la sinvergonzonería de este agosto de tintos de verano. Ojalá que pueda seguir escribiendo así, sin que me hagan demasiada mella ni los elogios ni las críticas. Escribir como si uno estuviera en una casa de campo un mes de agosto, en un pueblo aburrido con su calle principal larga y desierta en las tardes de calor asfixiante, a veces el viento levanta unas bolas de hierbajos y parece un decorado de una de esas películas del Oeste falso de Sergio Leone. Escribir con una tranquilidad que gusta y que inquieta, con unos adolescentes que a menudo no te dejan trabajar, con las visitas de un padre de vitalidad paranormal, las conversaciones con la vecina a través de la verja del jardín sobre la temperatura de la piscina o sobre los hijos y los hombres y las paellas, el tinto de verano en el bar del pueblo, las siestas, mi marido escribiendo lo suyo, yo lo mío, y la emoción de sentirse querido. Todo está dentro de este libro que ya contiene la nostalgia futura que sentiré cuando recuerde el tiempo en el que fue escrito.

Maitetxu mía

Estaba yo en uno de esos días de los que hablan los anuncios, alimentando en mi cocina una serie de rencores hacia personajes públicos y privados y se me venían a la cabeza, mientras hacía la cena para los seis componentes de mi familia (cuatro son adolescentes) unas cuantas ideas violentas para acabar con ellos. ¿Mandarlos a colegios al extranjero y quedarme yo disfrutando del verano? Demasiado caro. ¿El clásico envenenamiento? Demasiado premeditado: ponte a buscar un veneno decente en agosto. ¿Y algo más impulsivo? En mis manos tembló el cuchillo cebollero... Considerando que estaba en esos días es posible que mi estado sirviera como eximente ante la justicia. Pero, ¿qué dices, pensé, no recuerdas que te horroriza la sangre?

Desesperada y sabiéndome inútil para la violencia, me dije que lo más sensato sería emplearla contra mí misma, más sensato y más literario también. Como mujer de cierta cultura que soy abrí la puerta del horno para decir adiós a lo Silvia Plath y un golpe de calor me atizó en la cara porque la pizza del Pryca estaba ya lista para que la devoraran los adolescentes desconsiderados. Para colmo, el horno es eléctrico. Quería morir pero no con la cara desfigurada. En dicho momento crítico, en la radio salió un señor anunciando una antología de canciones inolvidables del gran Alfredo Kraus. El tenor interpretó *Maitetxu mía*. Es lo peor que te puede pasar cuando te encuentras vacilando entre la vida y la muerte. No pude más: lancé el cuchillo contra la radio y pensé que si superaba la crisis me acercaría a la cadena SER para decirle al director que escuchar *Maitetxu mía* por un gran tenor puede poner a las personas mentalmente débiles al borde del suicidio, o al borde del suicidio colectivo, dado que la SER goza de gran número de oyentes.

La escena era desoladora: una mujer pelando patatas (yo), la radio en el suelo por el golpe del cuchillo, una mujer en esos días (yo, de nuevo), la pizza en el horno, y cuatro adolescentes esperando la cena y discutiendo, sin moverse del sofá, por quién era el encargado de poner la mesa. Contemplé la posibilidad de darme al alcohol, pero el alcohol queda fuera de mi régimen de adelgazamiento. Así que, mujer de mi tiempo, madre pero ilustrada, esclava del hogar mas interesada por el mundo, abrí el periódico. Mientras la tortilla se cuaja y la pizza se quema, pensé, me hago con una cultura. Fue en sus páginas donde encontré la luz. El mismísimo Papa iluminaba mi camino. Decía el Sumo que el ser humano necesita las vacaciones para recuperar el equilibrio interior. Salí de la cocina a fin de comunicárselo a mi santo.

—Mira lo que dice el Papa...

—El Papa no dice más que tonterías.

Confesaré que me fastidia ese tono de superioridad con el que los racionalistas tratan a las personas que tenemos alguna inquietud espiritual.

—Dice que el ser humano necesita vacaciones.

—Tú estás de vacaciones.

—No, yo estoy haciendo la cena y tengo el estrés del ama de casa.

—¿Cómo vas a tener el estrés del ama de casa si eres una intelectual?

Fue un golpe bajo. Algo había en mi vida que no cuadraba.

—Vayámonos lejos —le dije.

—Nos iremos, pero cerca y después de dar de cenar a los niños.

Pensé, como mujer y como creyente, que no había nada peor en la vida que un buen padre.

Bellotero pop

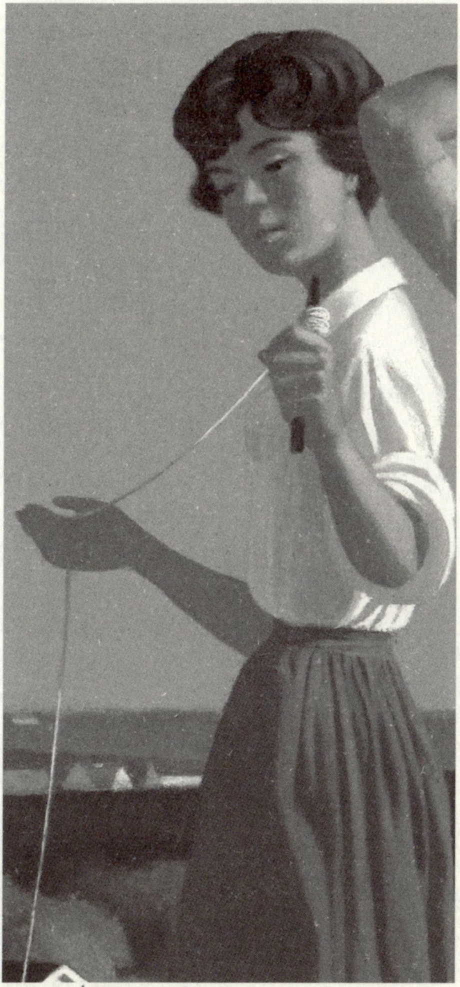

Siguiendo las recomendaciones del Papa, mi santo y yo nos montamos en nuestro simpático utilitario y decidimos marcharnos a cenar fuera. Hala, como bohemios. Me hubiera gustado que él arrancara el coche violentamente y el polvo saltara por los aires, pero mi esposo todavía lleva la L en el cristal y no se permite esas audacias.

—¿Y si por esta noche subimos el marcador hasta cincuenta? —propuse.

—Cuando me quite la L.

—Eres un gran hombre —dije para no mermar su autoestima.

Puse la radio por ver si nos envolvía una música romántica, pero, como una maldición, surgió Alfredo Kraus con *Maitetxu mía*, y el locutor, instando a que compráramos de una puñetera vez el CD del tenor.

—Pon las noticias —dijo mi santo—, a ver si han quemado otro bosque, a ver si Egibar ha soltado una perla o si se sabe algo de la caja negra del Concorde.

—¿No podríamos ser algo más positivos? —supliqué.

Le confesé que por alguna extraña razón aquella noche me sentía católica, que las palabras del Papa en las que recomendaba vacaciones para recuperar la paz espiritual habían hecho mella en mí. El mismo Papa había experimentado los beneficios del reposo, puesto que dichas declaraciones las había hecho después de unas vacaciones en los Alpes.

—Así que el hombre —dije— reconozcamos que por una vez sabe de lo que habla.

—Qué jeta —dijo mi marido, que a veces emplea términos del habla popular—, qué fácil me resultaría a mí recobrar la paz espiritual si pudiera tirarme quince días solo en los Alpes, no te jode.

—Bueno —dije—, de momento nos hemos librado de los niños.

«Por poco tiempo», pensamos.

La vida dentro del matrimonio es así. Para qué hablar si se piensa lo mismo. Los dos pensando en que los adolescentes que habíamos abandonado aprovecharían nuestra ausencia para terminar la cena con unos eructos y tragarse una entrevista en profundidad con Ania, que no sólo está buena, sino que también tiene un cerebrito que piensa, según ella dijo en otra entrevista que me tragué yo.

Pero sigamos el recorrido de esta pareja de mediana edad, de clase media, de coeficiente medio. Llegamos a una terraza y ya en la mesa, confundidos con el pueblo, respiramos felices ante la perspectiva de unas gambas a la plancha. Todo acompañaba: los tubos fluorescentes que aumentan la edad de los clientes al menos diez años, el achicharrador eléctrico de mosquitos, el tinto de verano que nos puso el camarero sin preguntar, el propio sobaco del camarero que nos devolvía a la infancia, a cuando sólo nos lavábamos los sábados (qué diría Proust de esta magdalena), y unas macetas con geranios reventones que colgaban del techo.

—Qué sitio tan encantador —lo que hace el entorno, íntimamente volvía a creer en Dios.

—Los geranios son de plástico —dijo mi santo.

—Dan el pego, además no nos vamos a comer los geranios, nos vamos a comer las gambas.

Había decidido verlo todo perfecto. Me sentía mercuriana, todo me resbalaba. Incluso en el momento en que empezaron a sonar los primeros acordes de la canción *Bellotero pop*.

—Esta canción me trae recuerdos de mi primera juventud —dije.

—Pues menos mal que te conocí en la segunda.

Me encantan los hombres irónicos, son mi debilidad.

Cantinero de Cuba

No se vayan a creer que porque nos vayamos a una terraza de verano bajamos el nivel de nuestras conversaciones. Sin ir más lejos, mi esposo me contaba la otra noche que en Alemania se estaba representando *Fausto* en su versión completa, o sea, diecisiete horas de Goethe. Ahora entendía por qué Schröder había decidido venirse a Mallorca de vacaciones. Aquí tenemos nuestras cosas malas, pero nunca el mundo cultural nos pone tan a prueba. Dejé que mi santo me diera una charla sobre el inmortal alemán y empecé a devorar las tapas aprovechando que el que habla come menos. Aproveché también que estaba entretenido en su discurso para mirar a mi alrededor y hacer sociología. (Táctica de convivencia para que el matrimonio funcione: dejas al otro hablando apasionadamente y tú haces como que escuchas, y a lo tuyo). Lo mío estaba ahora en la mesa de al lado. Un matrimonio con dos niños. El niño, como embobado jugando con la game-boy; el padre, como embobado jugando con la niña a unos juegos de pedorretas que daban vergüenza, y mientras, la mujer sufría en silencio por formar parte de ese lamentable núcleo familiar. Ella, que se había arreglado con toda su ilusión, que se había puesto unos pendientes vistosos y se había pintado, tenía que cargar con aquellos dos hijos que había traído al mundo, el uno absorto en la maquinita y la otra acaparando la atención del padre, que se dejaba acaparar con tal de no hacer un poco de caso a su señora. Me acordé de las terribles palabras de Catherine Deneuve: «Con los años el matrimonio vuelve aburrido al hombre y a la mujer, una arpía». Cuando me siento socióloga me gustaría, ya que últimamente tengo inquietudes religiosas, ser Dios (creyente de base no es lo mío) para cambiar el mundo. Acercarme, por ejemplo, a dicha mesa, saludar educadamente, buenas noches, soy Dios, e intervenir:

—Disculpen, voy a poner en sus vidas un poco de orden: primero, el niño este absurdo, que deje ya la game-boy o le suelto una galla que le saco los dientes; segundo, es bochornoso (esto, al padre) verle hacer estas pedorretas con la niña; la niña se sienta, se come su cena y deja de chupetearle la cara al padre, por Dios, que estamos en un restaurante; tercero, haga usted caso a su señora, que la tiene usted de vela toda la noche, mantenga una conversación adulta con ella, y usted (le diría a ella) no se ría, aquí nadie se libra, actúe con dignidad, si tanto le hace sufrir esta familia, levántese y que les den por saco.

Estas cosas pensaba yo, cuando la voz de mi santo, que había decidido exprimir el tema *Fausto*, cambió de tono:

—Hija mía, te has comido todas las gambas.

En otra mesa, una reunión de matrimonios felices, de esos que se emborrachan las noches de verano, comenzaron a cantar *Cantinero de Cuba* con la mano en la barriga en un gesto salsero bastante sensual. Ellos, tripudos; ellas, pintadas y gordas. Todos felices. Me dieron ganas de marchar con ellos, me llevé la mano a la barriga como primera medida. Oh, Dios mío, estaba engordando, y encima sin felicidad.

—¿Cuántas operaciones crees que me faltan para llegar a ser como Jennifer Aniston?

—Pero, ¿no hablábamos de *Fausto*? —me dijo mi santo.

—Cariño, era por acercar el mito de la eterna juventud a un capítulo de mi propia vida.

Eco
en el campo

¡Que luego no digan que no veo documentales! Después de verme uno sobre la vida sacrificada de las modelos en Canal Estilo, otro sobre el hijo de Marlon Brando, uno en La 2 sobre las lombrices de río y otro pedagógico en Documanía sobre señoras con gustos sexuales peculiares —salía una tapada con un velo que acostumbraba a pedir a los hombres que se masturbaran en su escalera porque se excitaba al oír el ruido (?) que hacía el semen al caer a los peldaños más bajos—, me quedo exhausta pensando que llevo todo el día enriqueciendo mi cultura y aumentando mi peso, que va en proporción directamente proporcional a dicha cultura. Es que a mí me pasa lo que a Umberto Eco (del cual veo otro documental): es llegar al campo y no moverme del sofá. Mis únicas excursiones son a la cocina, para hacer la comida de esos a los que llamamos ingenuamente los niños (calzan un 43 de pie y dicen que tienen opiniones), y a la habitación donde el esposo mío agranda su obra, habitación a la que ahora mismo estoy llamando:

—A mí me pasa lo mismo que a Umberto Eco.

—No será por la cabeza.

Hago caso omiso de sus simpáticas ironías, y le digo que, al igual que a Umberto, a mí las vacaciones campestres me dejan cuajada en el sofá, ya que siendo una mujer cosmopolita como soy, no puedo pasearme en un lugar que sólo me ofrece un árbol detrás de otro, con una monotonía que, de verdad, es irritante.

Eso de no tener que llevar un duro en el bolsillo, es que no puedo con ello. A no ser, claro, que decidas comprarte un chorizo en la carnicería del pueblo, porque aquí otra cosa no hay. Y a mi edad es difícil que una caiga en el senderismo. Prefiero el *fitness* de mi gimnasio en pleno corazón de Madrid. Además, como he domiciliado el pago ya no tengo que pisarlo ni para ir a pagar. Se convierte en algo simbólico: apuestas por el ejercicio, aunque no lo practiques. Pero esto del campo no va conmigo, pasear sin escaparates, ¿cómo se hace? Ya te digo, lo mismo le pasa a Eco, que en el campo se hincha como un enorme bicho bola, a consecuencia de lo cual el pobre tiene que irse por temporadas para desinflarse a su piso de París, al de Nueva York o al de Milán, y todo eso por pasarse el verano en su casa de campo de su isla.

—Vaya, y parecía tan feliz el hombre.

—Pa que veas —le digo, imitando a Belén Esteban, ex del diestro de Ubrique.

¿Y qué hace uno cuando no tiene, como Umberto, un piso en París, en Nueva York o en Milán para desintoxicarse de tanto relajo rural? Piensa, piensa. Al gimnasio en septiembre no iré, bastante hago con pagarlo. Además, a los gimnasios van actualmente unas tías superpijas, con unos cuerpos que se salen y, encima, inteligentes y con idiomas. Indignante.

Sé sincera contigo misma, me digo rascándome la frente en un gesto de fuerte concentración: si fueras más guapa, más delgada, más joven, ¿estarías dándole vueltas a Umberto Eco? No. Se me enciende la bombilla: ¿por qué no me opero? Me hago la pregunta que desde hace tiempo me ronda la cabeza: ¿cuántas operaciones me hacen falta para acabar siendo como Jennifer Aniston? Todavía estás a tiempo, me animo. Umberto, en cambio, lo tendría más difícil. Además, se vería obligado a cambiar de sexo. Corre. Al fin y al cabo, hay tantas presentadoras de televisión, tantas actrices, que aprovechan el verano para pegarse un estironcito...

El sueño eterno

Estaba en el sofá, en ese momento innoble de la sobremesa en que uno está a punto de darle la razón a la tele, con la barbilla a punto de quedar en ese estado alfa en que las criaturas empezamos a hacer ese ruido característico del verano: «Jjjjjj». Siestecilla estivalera. De fondo, uno de esos programas de investigación cotilla en el que más tarde o más temprano sale el culo de Aramis Fuster: el mismo culo de todos los veranos, que decía la novela. Digamos que mi mente se dividía en tres: el reposo, la antena en dicho espacio informativo y mis fantaseos sobre algunas operaciones de estética que podría haberme hecho de cara a esta temporada y que por pereza o por miedo no he perpetrado. ¿Que por qué me da por pensar esas cosas en un momento en que la felicidad reina en mi vida? Hombre, la fotografía que me han puesto encabezando este artículo diario cuenta bastante. Me llama un amigo, contrario a las intervenciones quirúrgicas caprichosas, y me dice:

—Opérate.

Y eso que sólo me han sacado la cara.

Aparte de las bromillas de los grandes amigos, el verano siempre me trae el deseo nunca cumplido de operaciones que cambiarían mi vida de cara a la galería. Esto debe de venirme de los tiempos en que trabajé en la tele, y allí, operarse alguna cosilla aprovechando las vacaciones tenía su aliciente. Luego volvía el personal en septiembre y tenía grandes temas de conversación, y yo, naturalmente, quedaba excluida, con mi nariz grande, en medio de todas aquellas narices respingoncillas. Tenía una compañera que contaba con toda naturalidad que le habían quitado dos Melitas de grasa de las cartucheras. ¿Dos Melitas? Pues sí, al parecer hay quien mide la cantidad de grasa que te quitan por lo que cabe en la jarra de la cafetera.

También se decía que una chica de informativos había vuelto cojeando de las vacaciones porque sólo le había dado el dinero para quitarse la Melita de la pierna izquierda, y se había dejado la derecha para el año siguiente.

«Pero a ella no le importa —se comentaba—, porque en informativos sólo te sacan de cintura para arriba. Si hubieran sido las tetas, otro gallo cantaría».

Todo esto no lo narro por criticar, que quede claro, sino por mostrar cómo mi corazón siempre se ha debatido entre dos mundos: el de la más absoluta superficialidad y el del intelecto. Y conste que si me decanté por el intelecto fue por cobardía. Supe que nunca me atrevería a operarme el día en que Saritísima salió en otro programa de investigación contando cómo su maravilloso doctor lo primero que hacía, nada más dormirla para estirarle la cara, era cortarle las orejas con suma delicadeza y dejarlas a un ladito del quirófano esperando en una bandeja. Cada vez que sale Sara en la tele le miro las orejas por si por uno de esos descuidos tontos se han olvidado de volver a pegárselas. También me han echado para atrás algunos rostros de la escena española que se han quedado con los morros como aquel indígena con el que se paseó Sting durante una época solidaria que atravesó.

Pero siempre queda ese deseo, que se repite entre sueños en las siestas de verano como esta que ahora empieza. Ah, por fin sale el culo de Aramis Fuster. Es un culo que a mí personalmente me sube la moral por ese miserable sistema de comparación femenina que tan bien reflejado está en aquellos versos: «Cuentan de un sabio que un día, tan pobre y mísero estaba...». Después de ver el culo de la mítica Fuster, vuelvo a cerrar los ojos y ahora sí, ahora sí que me quedo ceporra: «Jjjjjjj».

El señor de las moscas

En este mundo desarrollado en que vivimos hay muchas formas de enfrentarse a esos insectos tan molestos que entran en las casas en verano. Vas a la droguería y pides una de esas cosas que se enchufan o un buen fluflú. Luego uno pasa el cepillo, recoge los cadáveres y sanseacabó. Pero si una persona (yo, por ejemplo) está casada con un hombre de procedencia rural (no quiero señalar) el asunto se complica, porque en la genética de las criaturas del campo va incluida una predisposición al matamoscas (no sé si Arzallus tiene algo escrito al respecto). Incluso, y no quiero exagerar, me atrevería a decir que el dedo corazón y el índice los tienen preparados para empuñar un matamoscas o en su defecto un periódico atrasado, si el niño rural acaba forjándose una buena posición en la vida. ¿Por qué? Porque la gente de campo es desconfiada y eso de acabar con los bichos con un veneno les parece una mariconada. Los quieren bien muertos.

Mi santo, por hablar de alguien cercano, pasa revista todas las noches antes de acostarse. Se pone supertécnico. Mira detrás de la cortina, por los rinconcillos... Yo le digo:

—Eso, mátalos ahora, antes de que me acueste, que luego no quiero números.

Me quedo en el salón y le oigo pelearse con el periódico contra las paredes. Bueno, pienso, no bebe, no se droga, paga a Hacienda, habrá que pasarle por alto estas cosillas de origen genético que tiene. Luego le oigo gritar:

—¡Cariño, ven, que ya he acabado con todos!

Y entonces paso yo al cuarto, como una reina, aunque sé (lo sé, lo sé) que en ese momento precioso en que uno empieza a dormirse el individuo que reposa a tu lado pegará un brinco y encenderá la luz:

—Perdona, pero es que hay uno que ha debido de colarse y como no lo mate el cabrón no me va a dejar pegar ojo.

Ese ser (humano) que se sube a la cama con el periódico en la mano, que casi me pisotea, es el mismo con el que yo tengo firmado un contrato de amor, me digo para no perder la paciencia.

—Por favor —advierto—, no me lo vayas a matar por encima de la cabeza, que sabes que me da mucho asco.

—Lo mato donde lo pille, cariño, eso es algo que no se puede prever.

Eso sí, el tío tiene puntería, y, más tarde o más temprano, acaba con él, apaga la luz y después de decir: «Si a ti te acribillaran los mosquitos como hacen conmigo no pondrías esa cara», se queda frito al instante, y yo, un poco desvelada por el rencor, me pregunto si algún día podré convencerle de que hay métodos más sofisticados y menos violentos.

En algo tiene razón: a mí los mosquitos no me tocan. Ése es un asunto que siempre acaba saliendo en las cenas veraniegas de matrimonios. Uno dice: «A mí me fríen los mosquitos, y a ésta es que ni la huelen». Cuando un hombre dice «ésta» está hablando de su mujer, y aunque parezca que le está faltando al respeto, no es así de ninguna manera, ése es el tipo de matrimonios que duran toda la vida. No sé por qué pero así es. En casi todas las parejas hay uno al que le pican los mosquitos y otro que se salva. Y les gusta comentarlo en público. Esto no pasa sólo con las parejas heterosexuales, si uno se va a Chueca u otros barrios *gay* de las distintas comunidades del Estado español, podrá escuchar a alguna pareja *gay* o lesbiana hacer público ese secreto. Y eso es bonito porque normaliza la vida de las distintas opciones sexuales de la sociedad.

También hay parejas a las que les gusta compartir con los demás asuntos de movimiento intestinal, pero vamos, yo tengo un nivel y para mí, ves, esos temas ya no tienen gracia. Francamente.

El niño, que lee

Después de ver un telefilme superpsicológico en el que un joven, traumatizado por una madre un poco putón y bastante borracha, decide cargarse una a una a las chicas de su clase, sufro un ataque de responsabilidad materna y me dirijo a la habitación de mi hijo a fin de que nos comuniquemos un poco. Pero las ganas de comunicarme se me pasan enseguida porque al abrir la puerta el hijo no está y veo que la cama ¡a las cinco de la tarde! sigue sin hacerse. Me olvido de las graves consecuencias que puede tener una madre castrante que frustre continuamente ese verano de vaguería que todo adolescente desea y empiezo a gritar como si fuera siciliana. El hijo de la siciliana sale del cuarto de baño que es donde se cobija la mayor parte del día y me dice con esa cara de sorpresa que ponen todos los chicos de su edad cuando se les pilla en falta:

—¿Qué pasa?

Y yo le digo pues qué va a pasar, que esto no puede ser. Y entonces él me suelta:

—La política no es más que el conjunto de las razones para obedecer y de las razones para sublevarse.

—Joé —me quedo paralizada. Trago saliva y cuando recupero la voz llamo a mi santo para decirle que el niño ha salido del váter delirando. Llega mi santo y descubre que el niño tiene en la mano *Política para Amador* de Fernando Savater. Que se lo está leyendo. Le toco la frente por ver si tiene algo de fiebre y le pregunto a mi marido si no le deberíamos poner un urbasón. Yo qué sé, por las reacciones adversas. Viendo nuestro desconcierto el niño confiesa que también se ha leído *Ética para Amador*, y que tiene en mente comprarse *El valor de educar*, que dice que mola. Mi esposo me da un toque en la barbilla, es lo que hace cuando se me queda la boca abierta. El niño afectado por un brote filosófico pasa a su habitación y antes de cerrarnos la puerta en las narices me dice que ha pensado que la cama la hará mañana porque al fin y al cabo se va a tumbar en ella ahora para leer... Y yo le digo ¿para leer, pero qué manía te ha entrado ahora con leer, que tendrá que ver leer con hacer la cama? Pero ya no me oye porque el niño afectado se ha puesto los cascos que llevaba colgados al cuello y ha entrado en otro mundo.

Todo esto lo cuento a ver si, con un poco de suerte, el señor Savater que con asiduidad escribe en este periódico lee este artículo al que yo llamaría carta abierta y me echa un cable: «Savater, Fernando, usted que sabe llegar a nuestros muchachos con esa gracia que no poseen otros escritores, ¿podría hacer un libro en el que Amador comprendiera que hay una relación entre la teoría y la práctica, entre cierto refinamiento intelectual y el comportamiento diario? Yo no quiero decirle lo que tiene que poner usted en su libro, pero vamos, que la vida no está hecha sólo de pensamientos, digo yo.

»De momento, Fernando, dada la afición que le ha tomado el chico a sus escritos, cada vez que no hace algo de la casa o que se pasa un pelo o que canta el anuncio de *La barbacoa*, porque sabe que me pone a cien, le amenazo diciéndole: "A Savater que vas", y parece que le hace algo de efecto, pero a mí me gustaría que nos ayudara usted por escrito. No digo que se ponga hoy ni mañana, pero un libro para el próximo verano, uno que se llame, por ejemplo, *Obligaciones para Amador*. Claro que con ese título, por experiencia sé que mi hijo seguro que no se compraría el libro. Le aconsejo: *Amador en acción*, que suena más desenfadado. (Hágalo, Savater, por Dios). No le molesto más, le felicito porque en esta casa le leemos todos y le seguimos a muerte.

Suya siempre, Elvira, lectora y madre».

Bloom y yo

Anuncio en casa que me voy a Madrid a darme un masaje de *shiatsu* para relajarme y creo percibir que los distintos miembros de mi familia me lo agradecen. No sé si me agradecen que me vaya o que me relaje, y eso duele. O, tal vez, todo sean imaginaciones mías porque a mí me pasa que en invierno, con la actividad tengo estrés, y en verano, con el ocio, paranoias. Esta mañana he tenido una nada más levantarme y la expongo en el desayuno:

—Cariño, ¿a qué atribuyes tú que a mí no me hayan invitado jamás a una universidad de esas de verano para dar una charla?

—No le des importancia —me dice con un tono paternal—, a esas cosas van los historiadores, los científicos, gente seria...

De momento me consuelo, pero el asuntillo sigue dentro de mí como un herpes latente. Tomo medidas porque las paranoias hay que cogerlas a tiempo, y como dejé de creer en el psicoanálisis, en vez de darme al Prozac, como ha hecho a la vejez Woody Allen, me entrego a las culturas orientales (bien pensado, de alguna forma, Allen ha hecho lo mismo), que si no te quitan la paranoia, al menos te dan mucho gusto. Te da gusto que el masajista japonés te ponga una sabanita para taparte la cara y se te suba prácticamente encima. Yo intento sacar algún tema de conversación porque a mí eso de tener un japonés encima, no sé, como que me da pudor, y me lanzo a hablar, pero él me dice «silencio mejor», y yo a los masajistas japoneses les hago caso porque me dan susto.

Mientras el maestro avanza por mi cuerpo, me pongo a pensar, porque lo malo que tengo cuando me callo es que pienso, y en vez de relajarme como me han mandado me vuelve a la cabeza la paranoia mañanera y empiezo a discutir mentalmente con mi santo:

—¿Pero qué dices que sólo invitan a gente seria? Mentira podrida, anda que no hay un batallón de escritores y de críticos cruzando de un lado a otro la geografía del Estado y haciendo su agosto. ¿Qué pasa, es que yo no puedo hablar del fin de la novela, del crepúsculo del libro, o en uno de esos congresos de literatura femenina, es que no soy lo suficientemente mujer para todos esos organizadores; o sobre animación a la lectura, mira qué bonito ése y qué bien me iría, o uno más pedorro, que los hay, tú sabes que hay cursos superpetardos en las universidades de verano, tú lo has dicho, es que yo no podría dar una charla mejor que nadie?

Completamente excitada por mis pensamientos, agarro el bolso y saco el móvil, no sin antes decirle al maestro que él siga, que es que tengo que hablar un momento con mi santo. El maestro dice: «Móvil no, relajación», y yo pienso qué relajación ni qué leches si tengo la cabeza como una coctelera.

—Oyes, cariño, estaba pensando aquí en el masaje, ahora que estoy completamente relajada, que claro, como a ti te han invitado a cincuenta cursos de verano, no le das importancia...

—Pero no he ido a ninguno.

—No, si yo tampoco iría, si yo es por el prurito...

—Aquí en casa todos pensamos que si no te invitan de las universidades es porque no tienen vergüenza ni sensibilidad. Mira, a Harold Bloom tampoco lo quieren los universitarios...

Eres un amor, le digo, pero al rato, con el japonés ahora machacándome la espalda, pienso: ¿no me lo habrá dicho para conformarme y que le deje en paz durante un rato?

Ramona, te quiero

Mi santo me pide que si puedo hacerle el favor de dejar de nombrarle en estos articulillos, ya que empieza a ser objeto de bromas por parte de amigos que llaman a casa. Eso se ha juntado con que el otro día el taxista del pueblo le preguntó con una sonrisa si ya le habían quitado la L del coche, cosa de la que yo había escrito la semana pasada, y mi santo en vez de considerar una buena noticia que un taxista lea este periódico, lo tomó por el lado malo, y me dijo que con mis gracietas, estaba socavando la intimidad de nuestro matrimonio. Le recordé que muchas veces él me había dicho que las personas éramos tan vanidosas que nos encantaba salir en una gran obra literaria, aunque quedáramos como el culo. Él me contestó:

—Cariño, pero una cosa es quedar como el culo en una gran obra literaria y otra cosa bien distinta esto.

Desde luego mi matrimonio no se va a destrozar por falta de sinceridad. El caso es que a fin de preservar la armonía hoy voy a darle un respiro y, como susurra un insigne escritor: ahora hablaré de mí.

Si el gordo del crítico inglés Cyril Conolly decía que tenía un hombre delgado pidiendo auxilio en su interior, yo estoy convencida de que dentro de mí hay una gorda que está pidiendo guerra. Me doy cuenta, sobre todo, en un pueblo como éste, idílico según mi santo, donde a falta de esos escaparates de la ciudad donde las personas convertimos la ansiedad en un consumismo sano, no contamos más que con tiendas de comestibles. Yo paseo por la calle y el aburrimiento rural me desemboca en hambre, y me quedo un momento mirando tras el escaparate de la panadería esos donuts gloriosos, ese bollicao de mi alma. Porque a mí los bollos caseros, no, yo soy ya de la generación del bollo falso, será insano, pero puso una pica en mi corazón infantil, y a estas alturas no lo cambio.

El caso es que me reprimo, vuelvo a casa de mala leche y la pago con los míos, pero si yo sacara mi verdadero yo, comería bollos falsos hasta reventar, me revolcaría en una camioneta de esas de la marca Bollaca. Yo pertenezco a la peor especie, a ese tipo de mujer obsesionada por cuatro kilos sobrantes, y no, hay que tener valor: o se es definitivamente flaca o se es gorda con todas las de la ley. Si fuera valiente sería una gorda orgullosa, una gordi cachonda, me apuntaría por Internet a la asociación que defiende a los gordos en los Estados Unidos, una Asociación de Gordos sin Fronteras. No como ahora, que pertenezco a la Asociación de las Tontas del Pareo, en la que se meten mujeres de todas las tendencias, desde Ana Botella hasta las Azúcar Moreno (y todo lo que quepa entre esos dos puntos lejanos), todas escondiendo el vergonzoso michelín con un trapo absurdo. Desde hace tiempo, en calidad de socióloga aficionada, he observado que los hombres abandonan a las mujeres que andamos con el régimen y esas bobadas, pero un hombre que se une a un pedazo de gorda, ese hombre no abandona a su gorda en la vida.

Miren a su alrededor, enseguida se distingue a una gorda feliz. La gorda siempre lleva a su lado a un hombre delgadillo. Nuestro espíritu miserable piensa: «¿Qué hará ese pobre hombre con esa cacho gorda?», pero si seguimos observando veremos que el tipo bebe los vientos por ella. Las gordas tienen un misterio que sólo conoce aquel que las disfruta, misterio que aspiro a desvelar si la estancia en este pueblo se prolonga. No le doy más vueltas: me compro un bollo.

Vivan los mozos

En realidad, estoy escribiendo esta columna de pura chiripa. No quiero decir que la columna me haya tocado en una rifa, aunque habrá algún capullo que piense que sí, lo que digo es que la vida da muchas vueltas y que ésta no era la verdadera vocación en mis comienzos. Yo siempre quise ser antropóloga para estudiar la idiosincrasia de los seres humanos desde su origen, pero como soy de Moratalaz (Madrid), pues es un *handicap*, porque allí los primeros asentamientos de seres humanos (incluyo a mi familia) se remontan a los años sesenta y no hay más que rascar.

Mi vocación hubiera sido la de antropóloga subvencionada por una comunidad autónoma, pero ya me dijo un día Eduardo Arroyo que lo de ser de Madrid en cuanto al tema subvención tiene mal arreglo. Por cierto, ya que sale a colación, aprovecho para decirle al pintor Arroyo que me sirvió de inspiración para estos articulillos, dado que él tiene dos volúmenes de memorias: *Sardinas en aceite* y *Boquerones en vinagre*, y he querido hacerle un pequeño pero sincero homenaje con mi *Tinto de verano*. Espero que algún día me lo agradezca (hazme un dibujo, primo).

Ésta es una buena época para los antropólogos subvencionados, me refiero al verano, porque hasta el pueblo más pequeño del Estado (antes España) tiene sus raíces, su animal maltratado y su forastero en el pilón. Y al que no le guste, lo que decía Gila, que se vaya del pueblo. La otra tarde, mi santo y yo, a fin de mantenernos informados, nos pusimos la radio, siempre con el lógico miedo de que nos anuncien la antología del gran tenor (o Tenorio, como dice María José del *Gran Hermano*) Alfredo Kraus. Afortunadamente daban un programa sobre las hermosas tradiciones de las fiestas de agosto. Una de ellas, bastante edificante, se da en un pueblo de Zamora. La cosa consiste en tirar una cabra por el campanario, perdón, consistía, porque este año los mozos saben que como tiren a la cabra deberán pagar dos millones de multa. Y los mozos, con todo el dolor de su corazón, se han tenido que joder (y bailar). Una concejala (no sé de qué partido) se hacía eco de la frustración que tenían las buenas gentes del lugar:

—Eso lo hacen los mozos porque es como una puesta de largo simbólica, es una manera de dar paso a la edad adulta.

—¿Y la cabra cómo quedaba después del salto? —preguntaba el locutor.

—Hombre, la cabra un poquillo molesta, pero tengo que decir que luego la cabra tenía un sitio de honor en el baile, la cabra era para nosotros la reina de la fiesta.

Hay cabras con suerte, desde luego. En esto que en el programa llaman a un antropólogo, por aquello de que una persona con estudios superiores siempre da un punto de vista como más científico, y el antropólogo viene a decir que, al fin y al cabo, la fiesta es transgresión y que no hay que ser hipócrita, que hay mucha gente que se rasga las vestiduras porque maten una cabra y, sin embargo, no siente piedad hacia las cucarachas o hacia los mosquitos. ¡Olé la antropología!

Por cierto, acaba de llegar mi santo de la calle y me dice:

—He comprado *Hogar y Plantas*.

—¿Otro libro, cariño? —le pregunto.

—No, es el último grito en insecticidas.

El antropólogo calificaría a mi esposo de asesino; sin embargo, yo, antropóloga *amateur*, diría que está entrando en la edad moderna.

Cuerpo glorioso

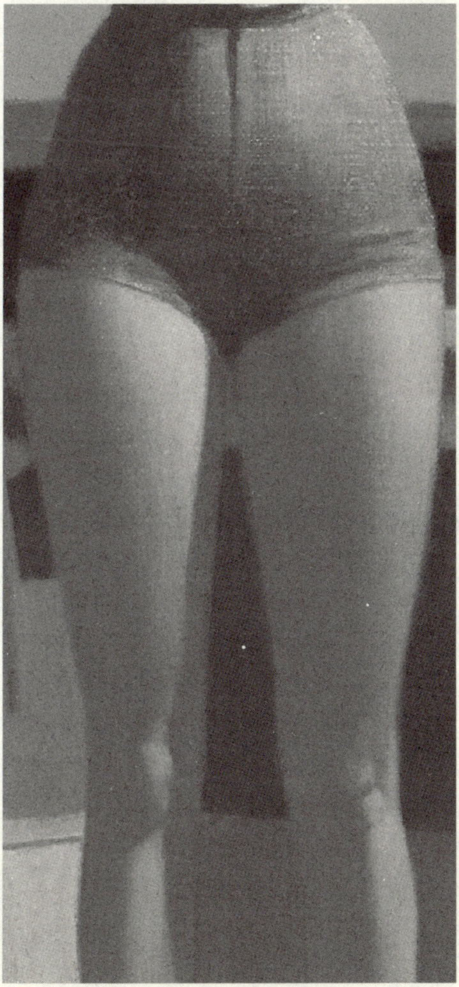

A lo tonto a lo tonto me he bebido una botella de vodka. No ha sido en un día ni en dos, cuidado, ha sido a lo tonto. Éstas son las consecuencias de aficionarse al Bloody Mary, que es una de esas bebidas con las que aquellos a los que el alcohol nos gusta regular, nos volvemos un poco borrachines. Pero siendo sincera yo diría que la culpa de mi afición al alcohol no la tiene el Bloody Mary, la culpa la tiene la Guardia Civil, y explico esta afirmación que de momento puede sonar algo temeraria de cara a un cuerpo que cumple un servicio a la sociedad:

No es que fuera un guardia civil el que me enseñara a aliñar el zumo de tomate, es que nosotros, mi santo y yo, matrimonio moderno, que está un poco en la línea de los matrimonios de la Europa del bienestar, seguimos la costumbre tan común entre las parejas holandesas, danesas (países civilizados, no como el nuestro), de que cuando se sale por ahí a cenar sólo bebe el que va de copiloto, y se aguanta el que conduce. Hasta ahí, la regla parece perfecta, pero el problema es que, a pesar de que mi necrológica destacará que fui una mujer adelantada a mi época, yo no sé conducir. Lo intenté, me apunté a una autoescuela, pero cuando llegué a las clases prácticas, me senté sin pensarlo en el asiento de atrás y el profesor me soltó: «Señorita, que esto no es un taxi», y eso me hizo pensar que, efectivamente, lo mío no era la conducción.

Consecuencia, todo lo que no bebe mi santo en los restaurantes me lo bebo yo. Él me dice:

—Cariño, no hace falta que apures la botella hasta el fondo.

—Es que el culillo es lo mejor —le digo, ya con la risa tonta—. Además, yo qué sé, me da mal rollo dejar cosas en el plato.

—El vino no está en el plato, está en el vaso.

Y entonces me río más, porque el alcohol ayuda a desinhibirse a las personas, que como yo, somos en el fondo grandes tímidas. Luego llega el camarero y pregunta:

—¿Un licorcito de la casa?

Mi santo dice «no», porque hay veces que hace intentonas de ordeno y mando, pero yo, delante del camarero y todo, porque el alcohol me hace ser así de espontánea, le corto:

—Checheché, oyes, ¡no querrás tú!, pero lo que es yo, me dejo invitar por este señor tan amable.

Le caigo fenomenal a los camareros. La cosa es que luego nos montamos en el coche para volver a casa (yo a veces me doy con la puerta del coche en la cabeza al entrar, no sé por qué), y me entra un sueñecillo ceporrón que se me cae la cabeza y sueño que estoy en la cubierta de un barco bailando la *Bomba* con el camarero. El otro día, entre dichos sueños, oí a mi santo que decía:

—Mira, cariño, la guardia civil. Por mí que me paren, que voy limpio, no llego al 0,3.

Está claro que el resto de miligramos en sangre lo suelo llevar yo. Pero a la guardia civil le chupa un pie que mi santo se esté haciendo un adicto a las *coca-colas* y yo vaya por el camino de la depravación. Ellos tienen su ética: ven pasar un coche a la velocidad estipulada (ya te digo, mi santo es un amante de la legalidad), y les da igual que la copiloto vaya con la cabeza torcida para un lado. No es que esté animando a la Dirección General de Tráfico a que saquen una norma para que le hagan la prueba del alcohol también al copiloto. No se me malentienda. Sólo aviso que si me convierto en una alcohólica pienso demandar al Glorioso Cuerpo y a Smirnoff, la marca del vodka que me vuelve loca.

TV *dinner*

Me llama una amiga a las diez de la noche para charlar una hora o lo que se nos ponga por delante. Mi santo se queja, ya que ha preparado una TV *dinner* y dice que no hay día que entre familiares y amigos no nos fastidien la cena.

—Anda, chirli —le digo—, relájate, estás en tu casa, te puedes entretener con la tele mientras yo atiendo a esta amiga, que ya estará cansada de esperarme.

Mi amiga no se ha cansado. Mientras habla conmigo se está depilando. Pasamos un ratillo acordándonos de aquellos días felices del pasado en que íbamos a un centro Depilator donde nos ponían en fila a quince tías y una estricta gobernanta nos iba despellejando en cadena, primero piernas, luego zona ingles, luego todas con los brazos levantados como si estuviéramos detenidas, zona axilas, y por último, si queríamos rematábamos con el bigote, y si no queríamos, nos lo llevábamos puesto.

De casi todo han pasado veinte años, decía el poeta, de cuando yo no era la más baja de la fila de las depiladas (mi 1,60 todavía se defendía), y podíamos presumir de tener tanto o más bigote que las portuguesas. Luego comprendo que mi amiga ha comenzado la conversación con este toque nostálgico para ablandarme el corazón: viene mañana con los niños a bañarse. Mi santo me hace señas feroces con un dedo: «¡No, no!». Pero le digo a mi amiga: «A mi santo le encantará, ya sabes lo que le gustan los niños». Mi santo sufre en silencio.

Mi amiga me dice que es que hoy ha llevado a los niños a merendar a la Dehesa de la Villa y ha vuelto escandalizada.

—¿También allí se ha asentado la prostitución? —pregunto.

—No, qué va, peor, son los abuelos, que han perdido la vergüenza, juegan a la petanca.

—Mujer, la petanca es un juego de lo más tranqui.

—Sí, pero es que van medio desnudos, yo no sé lo que le pasa a la tercera edad, pero están que se salen: a mi niño uno le ha querido enseñar la cicatriz de la hernia, y yo le he dicho, no señor, ya tendrá tiempo el niño de ver cicatrices. No me parece normal, es que van con pantalones de ciclista marcando paquete.

Me cuesta solidarizarme, pero la verdad es que por mi casa con eso de que están en el campo pasan también medio en bolas, y se dice que en los viajes del Inserso hay mucho tomate, mucho chiste verde, mucho viejo verde, mucha abuela desatada. Mientras hablo con ella, noto el pitido de otra llamada. Bueno, guapa, le digo, que te dejo. Así me paso la vida, empalmando una llamada con otra. Llama mi suegro. Me dice que como no les llamamos nunca sabe de nosotros por estos artículos, dice que los lee y se emociona de ver a su hijo retratado, y que por qué no cuento el día en que su hijo de niño le dio una pedrada a un vecinito, que fue de mearse de risa. Es que a lo mejor a él no le sienta bien, le digo.

—Bueno, yo sólo llamaba por dar ideas, y para decirte que te leo, que todos los días me voy al Hogar del Pensionista y cuando nadie me ve recorto la hoja de lo tuyo, me la meto en un bolsillo y me largo. Es que yo comprarme todos los días el periódico, nena, no.

Y cuando le voy a decir al hijo que se ponga, veo que mi santo, harto de esperar, se ha dormido. En la tele, unas abuelas del público jalean a una joven que está haciendo un *strip-tease*. Luego levantan la mano y cuentan sus experiencias sexuales. Se levanta una vieja diminuta y dice: «He sido chiquitilla, pero con llegarle a mi marido a la bragueta tenía bastante».

Qué fuerte los viejos, pienso, mientras me como la cena fría al lado de mi santo, que está en el séptimo cielo.

Santo y mártir

Mi santo, harto de clamar al cielo, se ha empeñado en emprender la reforma de las humanidades dentro de su jurisdicción, o sea, en nuestra misma casa. La otra noche, en ese momento nocturno de las confidencias, me dijo, como si llevara pensándolo mucho tiempo:

—Cariño, mañana voy a llevar a los niños a un museo.

—Llévales al Museo del Jamón, es el único para el que tienen paladar.

Otro se hubiera desanimado, pero él es un padre ejemplar. Me dijo que si quería acompañarles, pero le dije que no, que el tratamiento que estoy siguiendo en Celulitic Center me cuesta un ojo de la cara y me han dicho que lo peor que se puede hacer para favorecer ese mal tan femenino es estar de pie tontamente, y como yo me sé el tiempo que se puede pasar mi santo pasmao delante de un cuadro, no me quiero exponer dado que por fin parece que he encontrado un método eficaz. Es más, yo creo que a mí la celulitis me salió a raíz de varias visitas que hicimos seguidas a exposiciones este invierno. Enumero cuáles, para que luego no me digan que invento: la de Barceló en el Reina Sofía, la de Caravaggio, y la colección Poniatovsky en el Thyssen. A mí esas tres exposiciones me hundieron desde un punto de vista estético. No se me malinterprete: el arte me gusta como a la que más, pero dadas las tristes consecuencias que ha tenido sobre mí, ahora mismo sólo me meterían en un museo sentada en una silla de ruedas. Silla de ruedas con mando, cuidado, que si conduce mi santo la silla, estamos en las mismas, me planta delante de un cuadro y al final soy yo la que me tengo que levantar para trasladarme la silla hasta el siguiente.

Veo a mi santo esperando en la puerta a los niños durante mucho rato, porque de la misma forma que hay días que huelen a choto y no se quieren duchar, hoy han amanecido con el día limpio y se han duchado ya dos veces cada uno. Luego que si se peinan, luego que yo les digo que no se irán hasta que no recojan el cuarto de baño porque no soy la criadita de nadie, y les recuerdo que no soy una de esas sufridas amas de casa que van por el pasillo recogiendo calzoncillos sucios.

Me da un poco de pena mi santo, él solo luchando contra todo un sistema educativo, sentado en la puerta, esperando al enemigo. Como es un hombre pacífico, se ha puesto a leer. Un santo y un mártir, pienso. Al fin se van, cada uno llevando su *walkman*, porque les gusta ir en grupo, pero favoreciendo la incomunicación. Yo me quedo superfeliz y luego me pongo a recoger algún calzoncillo y algún calcetín sucios que hay en el suelo del cuarto de baño. No sé de quién son, pero sé de antemano que el culpable negará hasta la muerte que los calzoncillos sean suyos.

Después de tres horas, vuelve el héroe con sus muchachos. Vienen derrotados, llevando cada uno de ellos todo el peso de la cultura sobre los hombros. Mi santo está contento, parece que les ha gustado. Han pasado la mitad del tiempo en la tienda de *souvenirs*, es lo que más les gusta de los museos. Mi esposo sigue hablándoles del Madrid ilustrado, de cuando se construyó el Prado. Entonces, mi hijo, acariciando el mando de la televisión, dice, inmerso en este clima de enseñanza humanística:

—Y pensar que hubo un tiempo que yo no conocí en que sólo había dos cadenas de televisión.

La cómica

Una vecina muy amable que pertenece, como yo, a la colonia de jodíos veraneantes, como nos llaman los lugareños, me chista por la calle para decirme que lee estos articulillos a diario. «Ah, muy bien, pues muchas gracias», le digo, pero luego me confiesa que no los entiende, que no entiende cuál es el mensaje. Me revuelvo incómoda ante el comentario como haría cualquier escritor, esperando que me añada algo positivo para no volverme a casa con el ánimo por los pies, pero nada, erre que erre, ella dice que no les encuentra sentido.

Busco consuelo en mi santo y me responde:

—Pues ya es raro que no los entienda, porque tus artículos, cariño, tendrán otros defectos, pero son bastante simples.

Y como mi cerebro genera grandes mecanismos de defensa para hacer frente a las críticas, le digo a mi santo, no sin cierta agresividad, que a lo mejor no son tan simples, que seguramente tienen una doble lectura; que tú no se la hayas encontrado, vale, pero tenerla la tienen. Peleíllas de matrimonio creativo. Mi santo, que antes de escritor es mi santo, me da la razón como siempre (¿como a los tontos?) y me dice que es verdad, que el humor bajo su aparente ligereza esconde grandes verdades. Y luego tengo la suerte de que viene Juan Cruz a comer, que siempre nos da la razón en todo, y también dice que el humor es superimportante y que hay que ser muy inteligente para escribirlo, y que todos los humoristas son, en el fondo, grandes pesimistas y tal; y, para acabar de consolarme, llama a Rafael Azcona y me lo pasa, y Azcona dice lo mismo que nosotros, pero mejor dicho. Y todos estamos de acuerdo, el mundo es fraternal, y llegamos al acuerdo de que la vecina esa no tiene sensibilidad para comprender semejantes obras literarias. Qué guay, como diría Melanie.

Gorda como un pavo, le digo a mi santo que lo que pasa es que yo soy muy modesta, que tengo que empezar a darme pisto. «¿Más?», me dice. Pero como sabe que a mí la alarma del mosqueo me salta rápido, rectifica enseguida: «Que era broma». En mi casa tienen muy clarito que puedo escribir cosillas graciosas, pero a mí, tonterías, ninguna. Y me voy convenciendo, según transcurre el día, de que si yo me diera más importancia, la gente me tendría más respeto. Incluso me invitarían a las universidades de verano, y no quiero volver al tema para que no se crean los rectores que pierdo el culo por dar la charla.

Así que cuando me llaman de un programa de radio para preguntarme que cómo pasa el verano esta escritora, carraspeo un poco para que la voz me salga más importante (tengo voz de niño, aunque me joda) y le digo que mi verano transcurre en mi retiro del campo, comiendo frugalmente porque soy muy pitagórica (se lo he oído esta mañana en la radio a un escritor de culto), y releyendo la última novela de Marsé. Digo «releyendo» porque, según aconseja Monterroso en *La letra e*, hay que decir releyendo para quedar como un intelectual francés. Cuelgo y pienso que he quedado como Dios, pero mi santo me pregunta si me pasa algo en la boca para que diga cosas tan raras.

—Cariño, nunca se dice que estás releyendo un libro que acaba de salir a las librerías. Todavía si hubieras dicho que estabas releyendo la *Ilíada*, como yo estoy haciendo.

Entonces me echo a llorar como una criatura y mi santo me acaricia la cabeza y me dice que soy muy cómica.

Tensión conyugal

Con lo felices que éramos hasta esta misma mañana, con nuestras diferencias, nuestros más y nuestros menos, pero con una felicidad inmensa de ésas de los tontos. Mi santo cuidando el jardín y yo tumbada en la hamaca, haciendo como que mi nivel de inglés llega como para leerme un artículo de fondo del *New Yorker*, pero parándome a cada momento para preguntarle cientos de palabrillas que no conozco. Yo sé inglés, sólo que me falta casi todo el vocabulario. Pero no me importa porque mi santo me sirve de diccionario. Lo malo de tener un diccionario con patas y voluntad propia es que cuando se empeña en regar la parte trasera de nuestro humilde jardín me quedo sin diccionario, me impaciento y le llamo a gritos. No me gusta que los diccionarios anden.

Con lo felices que éramos, yo en mi propia hamaca al lado de mi propia piscina, aunque con mis melancolías, claro. A veces siento nostalgia de la piscina pública de mi barrio, de las guarrerías que hacían los macarras, del suelo infame que te quemaba los pies, de cuando soñaba con tener mi propia hamaca al lado de mi propia piscina. Luego me doy cuenta de que es una nostalgia completamente falsa, porque la verdad es que cuando tenía que pagar la entrada de la piscina me veía en la obligación de pasarme el día en el agua, y ahora que tengo piscina, me permito el lujo de meterme cuando yo quiero, y no me meto nunca, porque a mí de las piscinas lo único que me gusta son las hamacas.

Ya te digo, megafelices éramos. Hasta que sonó el teléfono. Contesta mi santo y veo que empalidece, es el asesor fiscal, me dice, que te pongas.

—¿Por qué yo?, ¿no es ésta una sociedad de gananciales?

—Por favor, cariño, que a mí estas cosas me ponen enfermo.

Dicho esto me alarga el inalámbrico y desaparece como una rata.

No es para menos; antes, cuando no teníamos asesor fiscal, le teníamos miedo a Hacienda, que era un ente abstracto, pero ahora el miedo tiene rostro: el del asesor fiscal. Me llama desde algún punto de la costa, y parece que el hombre no es completamente feliz en las vacaciones si no nos echa la bronca. Para eso le pagamos. Llama a cuenta de un colchón que he comprado, dice que cómo se me ocurre meterlo en los gastos para desgravar. Yo me defiendo malamente, le digo que la literatura nos está provocando chepa y que pienso que es un gasto de trabajo.

—¡De trabajo, de trabajo! —dice imitándome un poco—. Además, ¿qué colchón te has comprado para que cueste ese dineral?

—Es que... me lo he comprado con mandos, como los de los hospitales... —le digo ya en tono de disculpa.

Entonces, mi santo, que estaba agazapado escuchando detrás de una de sus hortensias, sale, me agarra el teléfono y le dice:

—Ya le dije yo que ése era mucho colchón para nosotros.

Yo murmuro: «Traidor».

Comemos sin hablarnos a cuenta del asesor. En la siesta, cada uno con nuestro mando de somier ergonómico en la mano, encaro el asunto con aparente frialdad:

—Si tuviéramos un problema con Hacienda, ¿me echarías la culpa, verdad?

—Lo afrontaremos juntos, pero te advertí de que este colchón era una pijería —me responde generoso.

Y como sé que el tío me lo va a reprochar toda la vida, le arranco el mando de la mano y le digo:

—Pues ya que voy a cargar yo con toda la culpa tu mando también lo manejo yo.

Aprieto el botón de incorporación y le dejo casi sentado leyendo su *Ilíada*. Que se joda.

Pedorrismo campestre

Como estamos de vacaciones, sólo hemos dado nuestro número de teléfono a familiares y amigos íntimos. Conclusión: sólo nos llaman familiares y amigos, y eso, a mí personalmente, me deprime; a mi santo, personalmente, no le deprime nada, dice que aspira a que su vida sea así: sin amigos nuevos («¿Es que no nos molestan suficientemente los viejos?»), sin sobresaltos. Y para rubricar esta suavidad oriental en la que quiere mecerse, compró el esqueje de un manzano, lo plantó y me llamó todo orgulloso para enseñarme la ramita diminuta:

—Nuestro manzano —dijo—. Dentro de veinte años será de alto como tú.

Como yo, dijo que sería de alto como yo. Veinte años para llegar a mi humillante 1,60. Ése es el tipo de cosas que a mí, personalmente, me hunden la vida, y ése es el tipo de cosas que a él, personalmente, le levantan el ánimo. Mientras él está feliz porque sólo recibimos las llamadas previsibles, yo me quedo al lado del teléfono, recordando, nostálgica, mi aparato de Madrid, que suena sin parar, que no te deja trabajar... Mi teléfono...

Ésos eran los grandes pensamientos en los que andaba sumergida ayer cuando de pronto sonó dicho aparato y, fuera bromas, me dio una taquicardia. Era un amigo que me anunciaba que venía a vernos. ¡Bien, rompamos la serenidad familiar, hagamos una barbacoa, tirémonos borrachos a la piscina! No sé si alguna vez han pasado ustedes por una de esas urbanizaciones campestres donde las personas somos bastante felices. Hagan la prueba: a la caída de la tarde, los propietarios de chalés y adosados nos situamos, movidos por un impulso interior, en la puerta del jardín. No estamos tomando el fresco, qué va, estamos esperando a que alguien, quien sea, venga a vernos. Incluso misántropos como mi santo, que puede pasarse horas mirando un manzano microscópico, acuden por la tarde a la llamada.

Hoy estamos de suerte, un amigo viene: podemos enseñarle todos nuestros juguetes campestres. Cuando llega el amigo, ya está mi santo vestido como el granjero último modelo: con su delantal de barbacoa, sus tenacillas para la carne, y yo, con la pamela y los *shorts*. Mi santo me llama dos veces «cari» delante del amigo: «Cari por aquí, cari por allá», porque mi santo ha decidido entrar a saco en el pedorrismo campestre. A tomar por saco los complejos de intelectual urbano. Emocionados por la visita del amigo, le hacemos bañarse, aunque no quiere. Hay que bañarse, le decimos, y le saco un bañador viejo, porque en los chalés siempre hay que tener un bañador viejo para ese amigo que nunca viene; luego, le hacemos comer carne hasta que al pobre se le escapa un eructo, y le hacemos sentarse debajo de un árbol, no, mejor de este otro, que da mejor sombra, y le hacemos decir que está pasando un día único. De vez en cuando dice que se va; pero, por Dios, cómo te vas a ir tan pronto. Incluso hay un momento en que mi santo se pone serio y le reprocha: «Ni que te estuviéramos tratando mal». El sol se está marchando y se hace el silencio de las despedidas.

—Te voy a enseñar una cosa antes de que te vayas —le digo a nuestro amigo—, a lo mejor te parece hortera.

En un rincón del jardín está mi pequeño tesoro: un enanito del bosque con un farolillo que se acaba de encender. Me da la impresión de que el amigo nos mira un poco como si no nos conociera. Cuando se va, nos quedamos los dos en la puerta de la casa, esperando a que venga otro amigo.

La biodiversidad

Estoy espesa. Es que no he dormido demasiado bien estas noches por culpa de la biodiversidad. Cuando estoy a punto de caer en brazos de Morfeo, mi santo empieza su cacería de mosquitos (véase capítulo «El señor de las moscas»). Claro, eso ya me pone en un estado de cierta excitación, no precisamente sexual, que me impide volver a conseguir el momento alfa, y aun con todo, consigo volver a dormirme, pero es que en los últimos días un búho se me ha ido a colocar al lado de la ventana, y no es obsesión, pero hay veces que me parece que lo tenemos dentro de la misma habitación. Uh, Uh, Uh. Eso hace el tío durante dos o tres horas. Yo empiezo a dar vueltas por la cama, me subo y me bajo mi colchón con el mando (estoy con mi colchón que no meo), enciendo la luz a ver si la literatura me hace olvidar al pajarraco, pero lo único que consigo es que mi santo se despierte. Y yo, en el fondo, me alegro (alguna miseria tenía que tener yo), porque sufrir insomnio en soledad no va conmigo. Yo soy muy de pareja. Mi santo se despierta y me mira con ojos asombrados:

—Es que no me lo explico, vida mía, caes como una piedra en Madrid, donde no paramos de oír coches, pitidos y a los chicos de la consabida cultura del botellón, permitida por la derecha y aplaudida por la izquierda en una sociedad en la que nadie quiere adoptar una posición impopular de cara a la juventud, porque aquí todo el mundo quiere ser simpático, no vaya a ser que te tomen por reaccionario, porque ésa es otra, aquí discrepas un poco y ya te han tachado de...

—Mata a ese búho —le digo, por centrar un poco la conversación, porque son las dos de la madrugada y nos hemos ido del tema.

Apagamos la luz de nuevo y el canto del búho sigue dando por saco, insistente en mitad del silencio.

Pienso que lo bueno de la ciudad es que tú colocas un búho en mitad de la calle de Huertas un viernes por la noche y gracias a esa cultura del botellón y de la libertad de horarios de los bares que mi santo tanto denigra, ese búho es que pasa inadvertido. Aquí te hace literalmente polvo: como una gota de agua que te cayera en la frente. Ahora es mi santo el que se eleva el colchón hasta quedar casi sentado:

—Ya está, se me fue el sueño —dice.

—No, si la culpa la voy a tener yo, no me hagas sentirme culpable, porque tú sabes muy bien que es el búho el que te está jodiendo —le contesto.

Él se da la vuelta y me da la espalda, pero yo sigo hablando, porque sé que me escucha:

—Es que, como tú eres de pueblo, no comprendes mis raíces; es que yo soy de Moratalaz.

—Eso ya lo hemos oído muchas veces —me dice sin volverse.

—Me da igual, pues te lo vuelvo a decir: soy de Moratalaz, y mi habitación daba a la carretera de Valencia, y para mí el ruido de los coches me recuerda a mi infancia. Igual tú en tu pueblo te dormías con los búhos, pero yo me dormía con los coches, y para mí son como las olas del mar; vamos, mejor que las olas del mar, me atrevería a decir...

Mis palabras son siempre como un narcótico para mi santo: se duerme. Y pensando en esa infancia bucólica en Moratalaz al pie de la autopista, me quedo yo también dormida, pero por poco tiempo, porque con la primera luz, la biodiversidad vuelve al ataque: el búho se ha ido y ha sido sustituido por unos pajarillos que chillan como locos.

Hay momentos en que comprendo a Charlton Heston. No digo matarles, pero pegar unos cuantos tiros al aire...

Canas al aire

Aprovecho que mi santo está recién levantado para decirle: «Oye, que me voy a Madrid». Se le atraganta el café: «¿A Madrid, para qué? Es que estás loca por irte a Madrid. No sé qué más puedo hacer: te voy a la compra, te cuido el jardín, te cocino, y tú nada más que pensando en Madrid». Le digo que no voy por divertirme, voy porque no me tiño desde que estoy en el pueblo y mira qué raya tengo. Él mira la raya con aprensión y dice: «Pero, cariño, ese pelo rojizo encantador que tienes desde que te conozco, ¿no era natural?». Es que, de verdad, no sé en qué mundo viven algunas personas del mundo cultural. Mi santo murmura: «Así que tienes canas...».

Me lleva a la estación de tren. Va pensativo. No sabe qué hacer para disuadirme de que no me vaya. Está a punto de entonar el *Ne me quittes pas*. De pronto salta con que por qué no me dejo las canas. Le digo indignada: «¿Pero, por quién me has tomado, por una escritora de esas peliblancas?». No te enfades, dice; si no me enfado, tonto, y le digo que si le compro alguna cosilla en Madrid. Sólo quiere que le traiga de nuestro domicilio madrileño un libro de Netanyahu (padre) sobre la Inquisición. Y yo pienso ya en el tren: «Qué sencillo. Es mi hombre».

Siento en el estómago que me acerco al monóxido de carbono. Eso me excita. En la peluquería, con los pelos envueltos por la plasta del tinte, atravieso un momento trágico. ¿Por qué no se les habrá ocurrido a los de *Interviú* en vez de pillar a las famosas en bolas sacarlas en este capítulo Morticia Addams?

Antes de tirarme a las tiendas recojo de casa el libro de mi santo, y entiendo que en su encargo, aparentemente inocente, va incluido mi castigo por venir a Sodoma: el libro de Netanyahu pesa lo menos cinco kilos. Mi santo es retorcido. Pero no me acobardo y con el Netanyahu me tiro a la calle. Intento ponérmelo debajo del brazo, pero es tan gordo que se me queda el brazo haciendo un homenaje a la Falange. En esto que me encuentro a un escritor de culto. Que a cuál. Se siente, esto es una columna cultural, no *Tómbola*. El escritor de culto me pregunta por mi santo y le digo que en el campo, agrandando su obra, y que yo he venido a Madrid a darme una vuelta por las librerías. El escritor de culto me pregunta si el Netanyahu se lo llevo a mi santo. Pues no, le digo, es para mí, paso los veranos releyendo a Netanyahu de cara a la temática de una futura novela. El escritor de culto me dice si entonces estas columnitas se pueden considerar un trabajo alimenticio. Por supuesto. Le dejo que me compadezca un rato y los dos nos sentimos solidarios hablando de lo que hay que tragar para poder cosechar tu verdadera obra. Mientras charlamos, le he dejado el libro y se está poniendo pálido. Me lo devuelve y se va al borde de la lipotimia. Qué mal color tienen los escritores de culto, y yo, mientras, vendiéndome al mercado para conseguir mi sueño secreto: el mecenazgo, comprarle a mi santo una mansión que te cagas y un torreón Montaigne.

Yo aspiro a mantener a mi propio escritor de culto. Como uno de esos ricos extravagantes que tienen de pronto un tigre en una jaula. Y en la puerta pondría una placa:

«Esta mansión se la compró a tan insigne escritor una de Moratalaz».

Que tu escritor de culto se atreve a tontear con otras, lo echas a patadas del torreón y lo cambias por otro escritor de culto. Anda que no los hay deseando. Se lo tengo dicho a mi santo.

Los pennes

Sigo brujuleando por Madrid cargada con el libro sobre la Inquisición que me encargó mi santo. Con los brazos doloridos de transportar cinco kilos de cultura, me doy cuenta de que me ha querido castigar por mi fuga. La gran ciudad me tiene un poco desilusionada: pocos coches, poco ruido, escaso monóxido de carbono, y, para colmo, dos taxis he cogido y los dos con taxistas encantadores. Ésta es la sombra de mi Madrid: ¿dónde están esos pitidos de coche, dónde esos conductores que vociferan, dónde esos bares atestados, dónde esos taxistas con ambientador incorporado que abogan por la pena de muerte y te suben el estómago a la garganta con los frenazos; como decía el poeta, dónde los hombres?

Enrabietada contra esta ciudad que parece sueca me digo a mí misma que ahora sólo me falta encontrarme con alguien que me diga que en agosto en Madrid se está en la gloria. No he terminado de procesar este pensamiento cuando, efectivamente, llega ese alguien. Es un amigo que me dice que él siempre se queda en agosto en Madrid porque, oyes, se está de puta madre. Entonces le digo que yo, sin embargo, me voy a la sierra porque en la cama por la noche hay que echarse una mantita, y eso gusta. Topicazo por topicazo. Me pregunta que dónde voy con ese mamotreto (se refiere al libro de Netanyahu) y yo le digo que se lo llevo a mi santo que está en el campo (como todos los santos). Mi amigo me dice que no le importa que le saque en esta columna pero que, por favor, que no lo saque del armario porque sus padres están muy mayores y quiere que se mueran con la ilusión de que su hijo es heterosexual. Pero, alma de Dios, le digo, es que tus padres no tienen ojos en la cara, si cada vez que mueves la mano se te desprenden varias plumas.

Subimos a su casa; en las paredes hay fotos de Marlon Brando, de su novio, un Ken vestido de marinero, en la mesa la guía *Espartacus*, en la cocina un bote de cristal con una pasta que le traje yo de Nueva York, son penes, en sentido literal, penecillos con sus huevos que cuando los hierves se hinchan y te ríes un montón con tus amigos. Mi amigo tiene la casa relimpia, mucho más que yo, ya que actualmente las empleadas del hogar también toman vacaciones. Qué buen hijo para una madre, se decía antes. Pero mi amigo me dice que no me equivoque, que no todos los mariquitas son limpios, que los hay también guarretes. Me habla de los *pubs* a los que va ahora, de un sitio de ambiente donde van osos (*gays* entraditos en kilos), me habla de la sala *chill out*, del *acid jazz*, de no sé qué pastillas que se tomó, de noches que se acaban a las ocho de la mañana. Si yo al lado de mi santo soy lo que se dice modernita, mi santo al lado de este pavo es decimonónico. Me levanto con complejo de antigua, pero se me pasa cuando mi amigo sale a la escalera y me dice:

—Oye, ¿te importa guardarme la guía *Espartacus*, que viene mi madre esta tarde? No vaya a ser que le dé por leer. Y he pensado que la pasta también te la llevas y se la haces a tu santo en mi honor.

¿Qué tipo de mujer es la que se ve un día de agosto en pleno centro de Madrid, sola, con el lomazo de Netanyahu y la guía *Espartacus* en una mano, y en la otra, una bolsa enorme de pennes? ¿Olvidará mi santo todos sus prejuicios pequeño-burgueses y se comerá una pasta con forma de miembros varoniles?

Se la haré una noche que estemos solos, que no la vean los niños. También tenemos los vulgares heterosexuales derecho a inofensivas perversiones.

Mis lectores

Toda mujer normalmente constituida ha de enfrentarse en algún momento al hecho de deshacerse de esos pelillos sobrantes que aparecen en su cuerpo y que afean, sin duda, la incomparable armonía del cuerpo femenino. Incluso aquellas mujeres que, como es mi caso, nos dedicamos a labores de índole intelectual, preferimos ir a dar charlas a las universidades de verano (bueno, yo no, porque no me invitan) con las piernas sin pelos.

Para escribir este artículo, en apariencia estúpido, he consultado en los escritos de insignes mujeres de la cultura de todos los tiempos, abanderadas de la literatura femenina, pero no he encontrado referencia alguna al tema de la depilación. Cabría imaginar que cuando Virginia Woolf habla de una habitación propia, no sólo se refiere al hecho simbólico de tener una vida soberana, sino a tener un cuarto donde efectuar la depilación sin tener que dar explicaciones al grupo de Bloomsbury, que ya se sabe que todo lo tenían que hacer juntos. Por otro lado, intuyo, después de leer la *Autobiografía de Alice B. Toklas*, que Gertrude Stein pasaba bastante de la dolorosa tarea de quitarse el vello, cosa que me admira personalmente, aunque me permito no compartir con ella los mismos fundamentos estéticos. En fin, que queda pendiente el que se haga un serio estudio feminista sobre la relación entre las escritoras y su aceptación o no de la depilación, un hecho que algunas podrían considerar como servidumbre hacia los gustos estéticos del varón occidental. Es una idea que lanzo al aire porque hay mucha universitaria buscando tema para su tesis.

Pero a lo que yo iba es que, dado que en el salvajismo campestre una se abandona un poco, me di cuenta de que las piernas estaban tomando un parecido peligroso a las que se ven en la selección española de fútbol y decidí informarme de algún sitio en este simpático pueblo donde me hicieran este trabajillo.

De camino a dicha dirección me di cuenta de que estaba ya completamente integrada en esta vida rural y eché pestes de Madrid, que es una costumbre genética que tenemos los madrileños de Moratalaz. El cuarto depilatorio estaba en la misma casa de una joven sanota y amable que me esperaba con toda la ilusión del mundo porque sus niños me admiraban. Yo me sentía tan sencilla en aquel cuartito casero. Ya estando en la camilla y desvestida, la señora decidió llamar a los niños. A mí me entraron ganas de vestirme, pero los dos niños estaban detrás de la puerta. Mientras yo les firmaba los libros, la señora me trabajaba las piernas.

Tenía la esperanza de que cuando acabara de firmarlos, los niños se marcharían, pero ¡qué va!: con los libros en la mano, siguieron la operación embelesados. Había otro en la cuna, un bebé, que se despertó en el crítico momento de los muslos, y para que la madre no se entretuviera y acabara con aquel espectáculo rápido, tomé al niño en brazos.

—Qué ricos —dijo la señora—, las ganas que tenían de conocerte.

El de doce años, el más fanático de mi obra, señaló a la madre una parte de la rodilla:

—Aquí le has dejado pelos, mamá.

El crío quería que me fuera contenta. Y yo, entonces, con aquellas criaturas viéndome en situación tan humillante, me preguntaba:

«¿Tiene sentido la cercanía del autor con el lector? ¿Debe el autor de literatura infantil satisfacer todas las curiosidades de sus pequeños lectores?». Pero el pensamiento se desvaneció cuando escuché que el niño le susurraba a su madre:

—Le haces las ingles, pero no se las cobres.

La mona chita

En principio este artículo tenía que tratar sobre los monos cocineros del zoo, esos que han aprendido a hacerse puré de verduras. Mi tesis giraba en torno a la idea de que no sólo la inventora de la papilla era una mona, sino que, según los expertos, son las monas jóvenes las más curiosas, y por ende, las más inteligentes, y son los machos viejos los más reticentes a las novedades. Entro en el despacho de mi santo para preguntarle si le parece un tema hermoso y, no sé por qué, le encuentro con el cable cruzado, me dice que no se me ocurra utilizar el tema «monos» de una forma simbólica, ya que ni él es un macho viejo ni yo soy una mona joven. Le perdono porque está mayor y con los años llegan las rarezas y porque comprendo que lo que verdaderamente le pone de mala leche es el ruido que llega desde el salón, donde nuestros machos jóvenes ven por vigésima vez *El show de Truman*, y repiten todos juntos los diálogos.

A los machos jóvenes no les importa ver muchas veces la misma película; lo prefieren, porque eso de saberse los diálogos les da mucha risa. La mona madura, o sea, yo, entra en el salón y les dice que quiten ya el vídeo, que el macho viejo está intentando agrandar su obra, pero que con este follón no puede. Me miran como si no me conocieran, y luego siguen a lo suyo. Me dan ganas de decirles: «Eh, un momento, que soy la mona de la casa». Me pongo delante de la tele y los machos jóvenes se alteran; intento hacerles razonar, les digo que, según unos científicos de Denver (Colorado), el cerebro no se atrofia por la edad, sino por la falta de uso, y que está demostrado en laboratorio que ver la tele destruye la memoria. Uno de los machos jóvenes cita a Savater, no sé qué de las libertades individuales, y otro, a Calvin y Hobbes. Ésos son los dos referentes culturales que dichos machos jóvenes utilizan para lo que les conviene. Me voy con el rabo entre las piernas (las monas tenemos rabo).

La película ha terminado y ahora están cantando el anuncio de *Mi limón, mi limonero*.

Me pongo a depilarme las cejas a fin de autoagredirme. El macho viejo, que me conoce, se acerca para hacer las paces. Nos hacemos unos cuantos arrumacos. Que se jodan los machos jóvenes, vivirán en un mundo sin memoria, y no como nosotros: hablamos de la literatura de la memoria, en fin, una conversación de nivel, pero, no sé por qué, la cosa se va deslizando hacia recuerdos más peregrinos. Él me confiesa que se acuerda de cabo a rabo de la canción *Gwendoline*, y me la canta. Yo le confieso que me acuerdo de los nombres de los tacañones del *Un, dos, tres*. Se los digo. Él me supera, sabe el nombre de la primera que ganó *Un millón para el mejor* (Rosa Zumárraga); yo no me quedo atrás, le canto la canción de Valentina; ahora los dos cantamos la de Quinito; él, como es chico, se acuerda del nombre del presentador de *Por tierra, mar y aire*, Jesús Losada, y yo, como soy chica, me acuerdo del que retransmitía las fallas, Jesús Álvarez. Él me imita a Cristobalito Gazmoño, y luego los dos interpretamos completa *El tío calambre*, del mítico Luis Aguilé. Emocionados, devorando a bocados la magdalena del recuerdo, nos damos cuenta de que olvidamos todo cuanto aprendimos en la escuela, y sin embargo permanece aquello que vimos en la tele. Tal vez el futuro de nuestros machos jóvenes no sea tan incierto. Mi viejo macho se pone romántico y me canta al oído *Amanece*, de Jaime Morey. Oyes, y no lo hace mal...

Premio merecido

Mañana voy a Madrid porque, fíjate, amorcete, le digo a mi santo, ha llegado una carta del banco diciendo que nos ha tocado una televisión portátil. Te llevo, dice mi santo. Y yo, que no, que voy yo sola; para qué te vas a molestar, tú sigue aquí viendo crecer tu manzano, leyendo tu Netanyahu y agrandando tu obra; deja que sea yo la que pierda el tiempo, dado que a mí el manzano me importa un pimiento, puedo pasar sin leer a Netanyahu, y mi obra, según algunas personas que saben de literatura, es mejor que no se agrande.

No hay tu tía, él ha dicho que viene, que nunca le ha tocado nada en la vida, ni en la tómbola de su pueblo, ni en la lotería que jugaba como humilde funcionario, ni en la que juega ahora con unos ilustres ancianos todas las navidades. En el coche sigue diciéndome que lo único que ha tocado en su familia ha sido un reloj de pared a sus padres en un sorteo del Inserso; dice que es que yo doy suerte, me pide que le cuente una vez más la historia de cuando yo nací y les tocó a mis padres la lotería. Lo cuento y añado que eso hizo que me quisieran un poco más porque, siendo la cuarta, me recibían un poco de uñas. Mi santo me da así en la pierna y me dice: llevas la suerte en las venas, cariño. Me callo. Sólo hablo cuando veo que con la emoción se ha puesto a ochenta por hora, y le pido que vuelva a nuestros setenta de siempre, que deje esas velocidades para otros. Qué alegre está, le sorprendo tarareando *Maitetxu mía*, que ahora mismo canta en la radio Alfredo Kraus, en una antología que por más que nos insisten todavía no hemos comprado.

Llegamos al banco y le digo que no aparque y que me espere en el coche, y dice que no, que quiere entrar.

Nada, hijo, pues entra; anda que el capricho. Mientras esperamos a que el director nos haga entrega del obsequio, me dice:

—Ya sabes que a mí los bancos no me caen simpáticos, pero en este banco se nos quiere.

El director sale del despacho con una sonrisa y con el paquetito de la tele diminuta.

Me hace entrega. Mi santo me da un ligero toque, como el que les da a los niños a veces, como diciendo: «Dale un beso a este señor, no seas raspa». Le doy el beso y digo que nada, que muchas gracias y que adiós muy buenas. Pero entonces, mi santo, que no sé qué mosca le ha picado, le pregunta al director:

—¿Y cuántos hemos participado en el sorteo?

—¿En qué sorteo? —dice el director.

—Pues en el de la tele —aclara mi santo.

—Bueno, se supo desde el principio que os tocaba a vosotros.

—¿Ah, sí? —mi santo me mira como sin entender y yo le agarro del bracete para llevármelo de allí—. ¿Y por qué a nosotros?

Y al fin la verdad resplandece cuando el director dice:

—Porque este año sois los clientes que más habéis gastado con la tarjeta.

Tengo que soplarle a mi santo en la cara porque se me ha quedado blanco como la cera. Volvemos a casa, en silencio y a cincuenta por hora. Los dos sabemos que la tarjeta culpable es la mía. Los dos sabemos que yo sabía que no había sido un sorteo. A la vuelta, mi santo me señala una noticia que dice que la gente se familiarizará con el euro utilizando la tarjeta:

—¿Tú has decidido familiarizarte desde ya, para que no te pille el toro?— me dice en un tono que me parece sarcástico.

Los niños están alucinados con la tele, que además de ser miniaturesca, se ve fatal. Dicen «qué suerte, qué potra tenéis». Y yo le digo a mi santo:

—¿Es que se puede comprar con dinero lo que vale la sonrisa de un niño?

El cerdito valiente

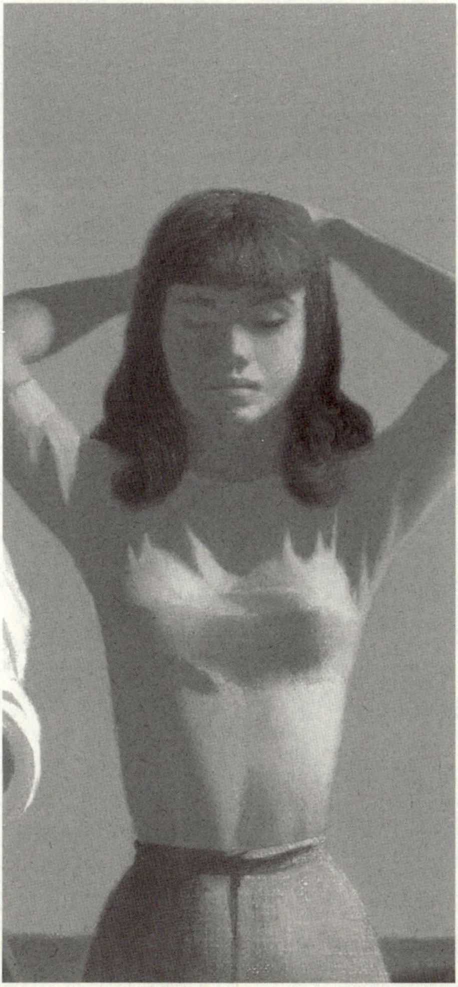

Llamo a mi suegro, y después de las preguntas intrascendentes de rigor, pasamos media hora hablando de cerdos. Bueno, él prefiere llamarlos marranos, porque eso de llamarlos cerdos le parece una cosa como de Madrid. Le pregunto sin rodeos que a él qué le parecen los marranos, así en general, de carácter y tal, y me dice que son muy inteligentes, que un marrano de chico te puede seguir a todas partes como un perro, y que encima tienes el orgullo de verlo engordar, y luego, claro, llegan las navidades y te llena una despensa; eso sí que no, le digo, si yo tengo un cerdo, ese cerdo muere de muerte natural, y se le entierra como a uno más de la familia, en el cementerio civil. Nena, me dice mi suegro, yo no sé si mi hijo va a querer que le metas un marrano en casa. Le informo a mi suegro de que George Clooney vive solo con su cerdo. Pero mi suegro no sabe quién es George Clooney. Le digo que un actor americano, y me dice, ay, hija mía, yo ya de América no te puedo decir las costumbres, sólo que no veo que mi hijo pase por tener un cerdo suelto por la casa, si le ponéis al marrano un corralico, pues todavía.

Me siento junto a mi esposo y le tomo de la mano. Él lee, yo le miro. Formamos una bella estampa. Pero a mí mirar a uno que lee me aburre y saco el tema que durante estos días me ronda la cabeza.

—Cariño —le digo—, he hablado con tu padre, me ha dicho que no le llamamos nunca y que los cerdos son muy inteligentes.

—¿Cuando dice los cerdos, se refiere a nosotros? —me pregunta.

—No, a los marranos.

—Ah —me dice—, ¿y cómo te da por hablar de marranos con mi padre?

—Pues porque tenemos intereses comunes, no hay entre nosotros problemas generacionales.

—Me alegro —dice mi santo, y sigue leyendo.

—¿Sabes que George Clooney tiene un cerdo? —le digo.

Me dice que sí con la cabeza.

—Hijo, no me haces caso.

—Es que a mí el tema cerdos —me dice— se me agota pronto, cariño.

Y entonces sé que tengo que ir al grano, le digo que me gustaría que tuviéramos un cerdito, al fin y al cabo los niños crecen, nos abandonan, y un cerdo sería nuestro para siempre, adoptas a un cerdo con un mesecito y es como si fuera tuyo; me lo estoy imaginando aquí ya, este invierno, entre los dos, tú leyendo y moviendo las ascuas, yo escuchando canciones de Cole Porter y el cerdo en medio, a nuestros pies, roncando... Y si nos tenemos que ir a algún viaje de tipo cultural puede venir tu padre y quedarse con el cerdo.

Mi santo me mira con cara de preocupación y me dice:

—Cariño, ¿por qué dejaste el psicoanalista?

—Pues porque tú dices que el psicoanálisis es la gran falacia del siglo XX.

—No sé, creo que he abusado de ti, estamos pasando demasiado tiempo en el campo, te pasas el día pensando y eso no es bueno.

—Pero ¿y del cerdo qué? —insisto para que no nos desviemos del tema.

Me dijo cosas que me hirieron, que yo la vez que había estado más cerca de un cerdo fue cuando vi en el cine *Babe, el cerdito valiente*.

Además, tú compras el cerdo, me dijo, y al final me veo paseando yo al cerdo, porque te conozco; tú te guías por el capricho y al cerdo lo educo yo. Mira lo que ha pasado con el yorkshire, tanto lo querías, y luego, quién lo saca por las noches en Madrid, y pasear un yorkshire es una mariconada; te lo dije y te empeñaste, pero ya pasear un cerdo... Me acaban sacando en la portada del *Abc*.

No sé, pero tengo la sensación, porque lo conozco, que debajo de ese enfado había una ligera claudicación. No está muy lejos el día en que tenga el cerdo en mis brazos.

Abuelito, dime tú

Llamo a mi padre que está enfadadillo porque dice que sólo escribo de mi familia política. Le digo anda, no te enfades, es que a ti tenía pensado sacarte cuando tocara el tema del genoma humano, algo a tu nivel.

—Ah, bueno, hija mía, es que ya pensaba «ésta escribe como si no tuviera padre».

Le digo que venga a casa a comer y preparamos el artículo a pachas. Lo del genoma humano no es broma, dice mi santo que mi padre es de una naturaleza distinta a la humana, y que deberíamos ponerlo en conocimiento de las autoridades sanitarias por si quieren estudiarle el genoma a él solo, como excepción.

Papá llega e inmediatamente nos pone en funcionamiento: primero una cerveza, luego tres platos de potaje, no, hija, no me quites el chorizo que pierde la gracia, una botella de vino, trae otra y acabamos ésta, ¿sólo hay una barra de pan? ah, qué susto, quiero melón, la raja finilla no, la gorda, eh, ¿qué pasa, es que sólo los niños van a tomar helado? Parece que los niños son los amos del mundo, el café, por favor, saca la tableta de chocolate, ¿no tenías un whisky...? Ése no, digo el de malta, ése, echa, esto me ayuda a hacer la digestión, se lo dije al médico del seguro y me dijo que por él como si me tomaba la botella entera. Niño, échale al abuelo otro par de hielos, y tráeme la mariconera que llevo unos caramelillos por si me para la Guardia Civil. Me como cuatro caramelos de mentol y si soplo no doy positivo, tráeme el paquete de negro: para después de comer el Ducados y entre plato y plato el Fortuna. Vacía el cenicero, bonito...

—Papá, ¿leíste el artículo de Terenci Moix que leímos todos los españoles sobre los efectos perniciosos del tabaco?

—Es que no estoy de acuerdo con ese artículo —me dice—, ese artículo lo habrá escrito en un momento de debilidad, a mí el tabaco es que no me afecta, si acaso lo que a veces me sienta un poquillo mal es el Bisolvón, que abuso de él, y no es bueno abusar de las medicinas.

Mi santo y yo, exhaustos, incapaces de seguir el ritmo de este ser sobrenatural damos cabezadas en el sofá. El abuelo ejemplar se sienta con los nietos y les imparte algunas enseñanzas: con tono didáctico cuenta que el tabaco es bueno para los nervios.

—¿Y el alcohol, abuelo? —le preguntan los niños.

—Pues claro, ponme otros dos cubitos, guapetón, y el último chupito, la lástima es que ahora me tengo que tomar los caramelos por estas reglas absurdas de tráfico, pero yo me atrevería a decir que el vino y el whisky aumentan los reflejos, eso sí, vosotros no tenéis ni que drogaros ni tomar esas porquerías de la juventud, vosotros vuestro malta en vuestra misma casa con papá y mamá.

Le acompañamos hasta el coche. Lleva dos caramelos en la boca, el cigarrillo le cuelga del labio. Se lo quita, por un momento creo que es para darme un beso, pero es para pegarse un trago del Bisolvón que lleva en el bolsillo.

—Oye —nos pregunta—, ¿y entonces vosotros creéis que si me pongo en manos de la ciencia como individuo a estudiar, intereso?

Le decimos que sí.

—¿Y eso me desgravaría a Hacienda? Porque no lo voy a hacer por el bien de la humanidad.

—No sé, papá, me informaré.

—Qué gracioso el perro —dice antes de irse—, yo tendría perros pero lo malo de los perros es que les acabas tomando cariño. Mójame esta toalla, que me gusta en verano llevar una toalla mojada en el coche para echármela de vez en cuando por la cabeza, ahora cuando llegue a Madrid me recorro Moratalaz para bajar las judías.

Cuando entramos en casa, los niños se han puesto un whisky.

La otra

Leía el otro día en el *Lecturas*... ¡Eh, cuidado, que no me voy a disculpar diciendo que lo leí en la peluquería. ¡Ni hablar del peluquín! Lo leía en mi casa, en mi propio sofá, lo leía después de pedírselo a mi santo, que se lo acababa de comprar, y estaba aferrado a sus páginas como si fuera a las del *New York Rewiew of Books*. Les parecerá a los lectores una excentricidad. Les disculpo: un hombre leyendo el *Lecturas* es un excéntrico y una mujer en igual situación una pedorra. Es que ni me molesto en entrar en polémicas.

La excentricidad de mi santo tiene un origen literario, por supuesto, ya que siente pasión por la vehemencia verbal de Belén Esteban, y mi santo, que es muy galdosiano, dice encontrar en esta muchacha tan jaquetona algo de la gracia y del arranque de su querida Fortunata. Lo encuentro lógico, porque Fortunata era del centro, donde antes se encontraban los castizos, pero ahora a los castizos se les encuentra en la periferia, donde me encontró a mí, que soy de Moratalaz, pero al gran observador filológico de las mujeres del pueblo eso de Moratalaz se le ha quedado como pequeño-burgués y el tesoro lo ha encontrado en Aluche, o sea, en Belén Esteban. Ya te digo.

Soy una mujer liberal, pero, oyes, hasta un punto relativo. Al principio la inclinación de mi santo por dicha señorita había sido discreta, a ver, lo de todo el mundo, que pones la tele y te la encuentras y que mira qué simpática. Incluso puedo decir que yo fui la que alenté que se fijara en ella: una noche que mi santo estaba escuchando *Così fan tutte* en su propio *compact-disc* de su propio despacho, voy y le digo, por favor, hijo mío, la ópera es muy bonita, pero lo que yo digo, hasta un punto relativo, porque con estos gritos no me concentro en el programa de investigación que en estos momentos me interesa. Bueno, pues después de apagar de malas maneras el *compact-disc*, que lo que yo le dije, el *compact-disc* no tiene la culpa de nada, vino a sentarse a mi lado en el sofá, por molestar, y después de ironizar sobre dicho programa que yo estaba viendo (che, che, le dije, a mí polémicas, ni media), vi que la cara se le cambiaba: el sarcasmo se le transformaba en admiración. Y yo para allanar fisuras dije: ¿a que la chica (Belén) tiene gracia?; y él dijo que sí, que lo que es, es.

Belén Esteban sirvió para reconciliarnos, pero es que la afición de mi santo por esta chica está llegando muy lejos, lo que yo digo, no es normal que vaya diciendo por la urbanización que él sería mejor padre para la niña de Belén que el propio Jesulín. Incluso, y no quiero señalar a nadie, el otro día un crítico que colabora también en este periódico, y que comparte las aficiones de mi santo, llama a las cinco de la tarde (hora taurina), ¿para qué?, para decirle pon la tele, que está saliendo. Mi santo le decía a dicho crítico: «Si es que en esa sección de "Gente" del periódico sólo sacan a perillas fundidas: la Anne Heche esa de las narices, ¿qué interés tiene: que es americana, que es lesbiana? Por Dios, que tenemos nuestras figuras nacionales, es que *El País* siempre tiene que ir a la zaga».

Viendo a mi santo hipnotizado con las palabras de la nueva Fortunata le dije si no encontraba que la muchacha era algo ordinaria, algo suelta; ésa es la gracia, cariño, ésta es una raza de mujer que se ha perdido. Me levanté, me fui a su cuarto, y puse a toda leche *Così fan tutte*. Y no va el tío y me grita desde el salón: «¡Para una cosa que me gusta de la tele me la tienes que fastidiar, es matemático!».

Adiós, pardillo

El otro día pillé al desaprensivo de mi santo tirando su L a la basura. Fui por la espalda y le dije ¿se puede saber qué es lo que estás haciendo? Mi santo dio un respingo. A veces creo que me tiene algo de miedo.

Se lo he comentado a mi psicóloga y me ha dicho que no me sienta culpable si mi santo se lleva algún sustillo, que eso le mantiene en guardia. Mi santo reaccionó como siempre, en plan víctima. Eso de que el victimismo lo inventaron las mujeres, che, che, un momento, yo tengo mi teoría, pero allá polémicas.

Después del susto mi santo se hizo el dolido, que tiraba la L porque ya no era un pardillo, y que si tanto me gustaba una L que me sacara el carné, pero que no le fuera gritando por la espalda porque está en una edad proclive a padecer cualquier afección coronaria.

Hijo mío, qué barbaridad, cómo se puso. Y como yo también sé ponerme en plan víctima, porque las mujeres después de tantos siglos de callar y callar aprendemos rápido, le dije, señalando aquella L dentro del cubo, confundida entre unos macarrones: tú que eres un intelectual deberías saber que el valor de la L es simbólico, el valor de esa L está en todos los días que hemos pasado juntos desde que te sacaste el carnet, incluso más atrás, desde el día en que decidiste sacártelo y yo te dije te apoyaré, pero piensa que a tu edad y con tus condiciones psicomotrices tal vez no lo apruebes a la primera. En esa L van incluidas todas las tardes que fui a esperarte a la autoescuela y te veía salir como un chiquillo con tu código de la circulación bajo el brazo.

Yo te preguntaba ¿has hecho amigos?, y tú me dijiste tengo una compañera que es famosa y que se llama Tuyupa, y yo me reí, pero cuando descubrí que era una cacho tía y que salía en *Tómbola* diciendo que apagaba las velas de las tartas soplando con sus labios íntimos, tuve mis tentaciones de ir a hablar con tu maestro para que te cambiara de grupo, pero me contuve, sé que necesitas algo de libertad: te la doy. En esa L va el día en que tú como el más de los pitagorines me aprobaste a la primera.

En esa L está el día en que el carnicero te preguntó que por qué salías en el telediario, y tú le dijiste que por escribir un libro, y el carnicero no podía entender que por una cosa tan tonta lo sacaran a uno en las noticias:

—¡Le veo y le digo a mi señora, el muchacho del Suzuki, el de la L, que está en la tele!

En la L que tiras a la basura va todo el miedo que pasamos, tú agarrado al volante, yo agarrada al asiento. Yo dándote instrucciones: no saludes, no estás preparado para soltar una mano del volante. Los niños dándote consejos «papá, se te cala, papá, se te ha calado»; tu padre ayudándote: hijo, mira el retrovisor; tu madre: no le digáis nada al chiquillo, que se pone más nervioso. Todos contigo, pero como tienes ese carácter un día dijiste:

—El que vuelva a hablar se baja del coche —y nos soltaste que te teníamos hasta esa parte donde los hombres situáis simbólicamente vuestra masculinidad.

¿Es que no te acuerdas de todos los cortes de mangas que yo he dado a la gente que te pitaba, de las veces que saqué la cabeza por la ventanilla para insultar a otros conductores que se metían contigo?

Mi santo sacó la L de la basura. La limpié con Fairy y la llevé a enmarcar. Como recuerdo sentimental tiene un pase pero como elemento decorativo es una horterada total. Como no sabía dónde ponerla, se la he colgado en el despacho a mi santo.

Un amigo que la vio dijo: «Tu santo está con su L que no mea».

Delilah

A veces odias a tu familia al completo, notas que la tienes manía, sabes que eso está muy feo, pero no lo puedes evitar. A mí me pasó anoche, concretamente. Estaba intentando concentrarme en la relectura de los clásicos (en verano, todos los intelectuales nos dedicamos a lo mismo) y escuchaba las absurdas carcajadas procedentes del salón. Eran de mi santo y los niños, que estaban viendo *Agárralo como puedas II*. Mi santo había venido esa misma tarde indignado a decirme que se afilia uno al Canal Digital a fin de que uno, como cinéfilo y como hombre, reciba un trato de nivel, y que luego dicho canal va y decide programar el ciclo de Leslie Nielsen, no por el lógico orden cronológico, sino como al programador se le pone en sus partes, y eso no es, porque lo suyo es que primero pongan *Agárralo como puedas I* y luego pongan la *II*, y no con esta incoherencia que te rompe los esquemas. Yo le dije que a lo mejor ahora, en verano, hay un programador de ésos de prácticas que no tienen cultura cinematográfica, y mi santo subió el tono y me dijo perdona, no es mi problema, si no se sabe se aprende, que ahora salen de la facultad de Imagen y sólo han visto a Tarantino y se olvidan de los grandes clásicos.

—Che, che, che —le dije—, cuidadito con el tono, que no hay clásico del cine por el que tú puedas faltarme a mí el respeto.

—Perdona, cariño, es que sabes que estas cosas me sublevan.

Yo le dije, por buscarle consuelo a su desdicha, que si quería que escribiéramos una carta de protesta al director, o mejor aún, un manifiesto, que hace un huevo que no firmamos un manifiesto y ya parece que el cuerpo te lo pide; pero mi santo, pesimista histórico, dijo que podía esperarse a nuestro aniversario para que yo le regalara el *pack* completo de Leslie y que ya haría él con los niños un cinefórum.

A mí me gustaría regalarle a mi santo cosas guapas de ropa, para no sentirme culpable por todo lo que me gasto en mí, y porque de vez en cuando siento, como toda mujer, el síndrome Kent, consistente en la afición a maquear a tu prójimo como a ti mismo, pero hace tiempo que desistí, sé que a él le hacen más ilusión los regalos de índole cultural. Así que le regalaré el *pack* de Leslie, de la misma forma que por su santo le compré una antología de Tom Jones, que incluye su canción favorita, *Delilah*. Cultura, sólo cultura. Lo que yo le digo, te va a entrar el síndrome de Stendhal, hijo mío, de tanta belleza, sal un poquito de tu torre de marfil que las personas de la realidad también tenemos nuestro punto.

Acabó la película y vinieron a contarme a mí, que seguía engordando mi rencor (cuando mis seres queridos se ríen por cosas que a mí no me hacen gracia me irrito), los momentos más interesantes del filme. Se quitaban la palabra unos a otros, y mi santo les decía, no os peleéis, que se lo cuento yo, y yo decía si no hace falta, pero él estaba empeñado en compartir su entusiasmo conmigo y me contó, cariño, ha sido genial porque di que estaba Leslie huyendo de unos malhechores por la pared de un edificio y casi se cae, pero menos mal que se agarra al tremendo miembro viril de una figura decorativa..., y ahí está Leslie con aquel pito en la mano...

¿Qué oscuros presagios azotaban mi mente mientras me contaban las hazañas de

Leslie? Pensaba: mi aniversario es en diciembre, así que el cinefórum Nielsen se celebrará en navidades. ¿Por qué entre los anuncios de productos navideños no aparece uno de Lexatín, que es una de las cosas que más se consumen por esas fechas entrañables?

El bimbó

Entra mi santo en mi santuario de creación (yo a mi modo también soy una santa) y veo que su color de hombre sanote del campo se ha tornado pálido. Sólo es capaz de pronunciar una frase: «Ha llamado el director de la academia». Y como se queda callado, por mi cabeza pasan mil cosas, que si le han dicho que se ha quitado la L antes de tiempo, que le han visto haciendo maniobras inadecuadas y todo alumno que haya estudiado en la Autoescuela Centro lleva consigo la obligación moral de dejar altos los valores éticos de dicha institución. Como mi santo sigue sin habla, le digo, cariño, tú ya tienes tu carné en el bolsillo, a ti lo que digan los de la academia te ha de chupar un pie. Pero mi santo me saca del enorme jardín en el que me he metido: hablamos de diferentes academias, el que ha llamado, me aclara, es el director de la Docta Casa, y le ha dicho a mi santo, con esas bellas palabras que sólo el director de una Casa tan Docta sabe manejar, que le parecen bien mis escritos mientras me remita al ámbito de lo privado, ¡allá cada cual con airear su vida íntima!, pero que espera que mis frívolos comentarios no lleguen a tocar ni un poco los cimientos de la institución civil más antigua del Estado, porque aquí, amigo, hay ancianos insignes que podrían ver atacada su honorabilidad, y no nos gustaría; teniendo que hacer frente a problemas más serios, no nos habíamos enfrentado nunca con que se nos saliera de madre una señora consorte.

No sé qué decirle a mi santo, porque, sinceramente, si hay algo que no le gusta a una buena esposa como yo es buscarle al marido un lío en la empresa. No te preocupes, chirli, le digo, que cuando volvamos a Madrid, invitamos al director, al secretario, y al tesorero, a un restaurante bien caro, de los que dejan sin aliento, y verán que aun siendo de Moratalaz, no haber acabado la carrera y tener la lengua un poco larga, puedo ser encantadora si me interesa. Mi santo se queda pensando y dice, bueno, es una buena idea, pero tampoco hace falta que el restaurante sea tan caro, una cosa mediana. Así es mi santo, su sentido del arrepentimiento y de la generosidad tiene un límite.

Por la tarde me llama una vecina y me invita a una cena de hermandad vecinal. Y yo le digo que sí, porque como mi santo sigue taciturno eso podría animarle. Ya que a lo mejor le sancionan en la Docta Casa, que al menos estemos a buenas con los vecinos. Me maqueo, maqueo a mi Ken, y los dos, sportivos y elegantes, nos vamos a la fiesta con cierto orgullo por ser oficialmente admitidos en una comunidad de propietarios de chalés. Yo bebo, río, me siento simpática y hermana de mis vecinos (¿tendré un brote nacionalista a pequeña escala?). Por otro lado, observo a mi santo, que está mohíno con la bronca del jefe. Llega el momento cumbre: comienza a sonar la *Bomba*. Todos la bailamos menos mi santo, que siempre tiene que dar la nota intelectual. Me acerco y le susurro: ¿qué quieres, que quedemos como unos antipáticos, que no nos inviten más? Mi santo me dice con cierta agresividad que él es de la generación del *Bimbó*, y que, además, no se atreve ni a bailar, vaya a ser que al día siguiente se vea en el periódico en semejante trance. Pues ahí te quedas, le digo, no te creas que me vas a amargar la noche.

Hay una cosa que sí que quiero que escribas, me dice mientras me alejo, di que ya que no tengo que conducir me voy a beber la botella de whisky de estos señores, que lo lea toda España. Pues que lo lea.

El lalalá

Vaya disgustazo que nos llevamos mi santo y yo. Leemos en el periódico una entrevista con el escritor Ferran Torrent y, en principio, yo qué sé, parece que al hombre todo le iba bien. Que si con la literatura se ha comprado un BMW. Estupendo. Que si ganó un premio de cinco millones. Mola. Que si ya le han llevado tres novelas al cine. Me alegro. Que si es el escritor más vendido en catalán. Para tirar cohetes. Pero, joé, sigue hablando y dice que los de Madrid, pues que no le leemos, y que no es por señalar pero que él cree que eso se debe al anticatalanismo ancestral español.

¿Tú no has leído a Ferran Torrent por un anticatalanismo ancestral?, le pregunto a mi santo; me parece que no, me dice, pero vete tú a saber, como todo eso está en el subconsciente... O a lo mejor es porque soy de Jaén, y los de Jaén vamos todavía por el XIX en cuanto a lecturas se refiere. La que podías haberle leído eres tú, me dice mi santo, pero claro, como eres de Madrid. Tú sí que eres una anticatalana y una xenófoba, cuando Ferran señala a alguien está señalando a gente como tú.

¿Como yo?, le digo a mi santo, si en esta casa tenemos en un altar a Marsé, a Terenci, a Gil de Biedma, a Maruja...; ésos no te valen de ejemplo, me dice mi santo, tienen que escribir en catalán, ser pata negra. Che, che, che, le digo a mi santo, perdona, pero si yo hago todo lo que puedo por purgar mi pecado original, a los dieciséis años cantaba *La Estaca*, prefería a Serrat en catalán, me quejaba porque Dagoll Dagom no representaran sus obras en su idioma materno, me emocionaba con *Els Segadors*, siempre dije que los catalanes eran más europeos, vete a mi barrio que todavía se acordarán, siempre que he ido a Barcelona me ha dolido la boca de decir que Madrid es un poblacho al lado de ese ejemplo de civilización, digo *munyetas* que parezco payesa, y la elegancia, ¿dónde he dicho yo que está la clase, cariño?, en el Pont Aeri; pero no nos quedemos sólo en la cultura catalana, mi familia es de Ademuz, un pueblo de Valencia que el único defecto que tenía es que era castellanohablante, pero con la ayuda de la Generalitat nos estamos normalizando; yo también hubiera salido a la calle con el puño cerrado porque el *Lalalá* se hubiera cantado en catalán. Soy madrileña, de la capital de la caspa, pero intento redimirme. Antes pensaba que la periferia era Moratalaz, o Vallecas, qué cutre fui. Ahora pienso que me hubiera gustado ser artista periférico-cultural, porque además así podría echarle la culpa de que no me leyeran a la xenofobia, ¿por qué mis libros no acaban de despegar en Alemania, cariño? Porque vista de lejos parezco turca y contigo al lado, pues más. Y lo mío conste que no tiene arreglo, pero tú te podías haber convertido en el artista oficial de Andalucía, ¿por qué no quisiste, que estás alelao?

No sé, me dijo mi santo, es que cuando me fui a apuntar ya habían cerrado el cupo. Ahora mismo me podía estar reuniendo con el presidente de la Junta de Andalucía para hablar de cultura. Al final te has hecho casi de Madrid, le dije a mi santo, y se lo dije con culpabilidad por haberle contagiado una enfermedad tan vergonzante. Ahora mismo, le dije, voy a escribir una postal a Ferran que diga Ferran, a partir de ahora no habrá libro tuyo que yo no me lea. Me gusten o no me gusten, por narices que me los voy a leer.

¡Pero no le mandes esa postal de los leones de las Cortes, joé!, me gritó mi santo, ¿ves cómo los de Madrid siempre vais avasallando?

Castigo de Dios

Ayer conseguí arrastrar a mi santo hasta Madrid argumentándole que la librería del pueblo no estaba al día en cuanto a novedades de ensayo anglosajonas. Entonces, mi santo dejó de contemplar su manzano y me dijo, si quieres que te lleve a Madrid, dímelo a las claras; a las claras se lo dije, llévame, por Dios, que tanto oxígeno me ahoga, que las tiendas estarán poniendo sus colecciones de otoño; ay, llévame, que me muero.

Una escritora de corte feminista le dijo a una amiga mía que era indignante cómo *El País* me había dejado a mí esta tribuna para que yo me dedicara a perpetuar los roles a diario. Dice la escritora que yo pinto a mi santo como intelectual, y que yo quedo como una chisgarabís, superficial, y con pocas luces.

Mi santo me llevó a Madrid. Me bajé del coche y me puse de rodillas para besar suelo sagrado, pero mi santo me dio un cosco y me dijo: «No hagas eso. Caca». Paseamos del bracete, como si fuéramos novios, libres, urbanos. Cariño, le dije, ¿qué piensas?; que me hacen falta cuchillas de afeitar. Ese tipo de pensamientos te chafan cualquier momento romántico. Entré en una perfumería y él se quedó fuera, por hacerse el interesante. Pensé, ya que entro, me compro una crema reafirmante porque, como ya dije, a Umberto Eco y a mí, el campo nos aceporra. Cuando le digo a la dependienta que la quiero de calidad, me saca el último grito, esencia de cacahuete, y suelta el precio para probar dónde tengo el límite, y yo, chula de Moratalaz, le digo: póngala. Ella dice hay que complementarla con exfoliante porque tengo impurezas; yo digo, venga; ella dice que el sol me ha dejado manchas y yo ya no digo nada, que ponga lo que quiera, ella dice que con un *serum* todavía puedo retrasar un poco una intervención quirúrgica en los párpados; ella dice que puedo prevenir el descolgamiento del cuello con esta otra. Le doy la visa y con un hilo de voz le digo: tampoco estaré tan mal; tan mal no, dice, pero ya hay que irse cuidando. Salgo a la calle deprimidísima y encima mi santo está harto de esperar, y yo le digo, encima de que entro por ti. Me paso la tarde leyendo los prospectos de mis cremas. Es lo que más me gusta de las cremas caras porque es el único sitio en el que ves los resultados.

A la mañana siguiente, me puse a buscar mi crema de cacahuete desesperadamente. Ah, en la mesa.

Cuando entré en el salón no podía creer lo que mis ojos veían: los tres cenutrios, adormilados, descalzos, con sus granos en la cara, se habían untado mi crema de esencia de cacahuete en las tostadas. Encima la comían como con aburrimiento. Medio llorando, fui al cuarto de baño para chivarme a mi santo y allí estaba él, buscando sus cuchillas.

—¿Dónde las pusiste? —me dice.

—Se me olvidaron, me compré yo una crema, pero me ha castigado Dios porque se la han comido los niños —digo mirando al suelo.

—¿Y cuánto nos ha costado el desayuno de los niños? — me pregunta mi santo.

—Veinte mil —le digo.

Nos llegan los gritos de los niños: se pelean por entrar al baño. La crema, que no les ha sentado bien al estómago.

—Bueno —murmuro—, pero ahora me pagarán estos articulillos.

—¿Cuánto te pagan para que te gastes veinte mil pelas en una crema inútil? —me dice.

—Se me olvidó preguntarlo, con la emoción de escribir en *El País*.

Entonces, mi santo dice que soy una chisgarabís, una superficial. Ya lo sé, le digo, una escritora de prestigio lo va diciendo, y dice que perpetúo los roles. ¿Que tú perpetúas los roles?, me dice, esa tía es tonta. Y me da un beso con esa barba de hombre, que es que la adoro esa barba.

Adiós, amigos

Creo que todo esto ha sido un tremendo malentendido. Me di cuenta ayer, demasiado tarde, cuando abrí las cartas de amables lectores que me escriben para decirme que también ellos están padeciendo un verano espantoso. Una mujer me hablaba de un marido mutante, un hombre me escribía sobre unos hijos en permanente estado catatónico, incluso una lectora me confiaba sus intenciones secretas de abandonar a su marido en cuanto volvieran a casa. Mi amiga Adriana Ozores me llama y me dice que su niño, de ¡sólo! siete años, me ha puesto el mote de Retinta de Verano porque dice que soy mala con mi santo: con lo bueno que es con los niños de la infancia. Sé, por mediación de mi hermana, que mi padre se ha sentido retratado como un fenómeno de feria y mi hijo dice que no se atreve a volver al instituto porque le he pintado como a un descerebrado, «cuando tú sabes perfectamente que al lado de mis compañeros soy casi un intelectual: ¡he leído a Savater!»; mi amigo, el homosexual que no quería que lo sacara del armario públicamente, dice que sus ancianos padres descubrieron, por los datos que di en esta columna, que se trataba de su hijo, y, sorprendentemente, le han comunicado que quieren afiliarse al Colectivo de Gays y Lesbianas para solidarizarse con él, y mi amigo me dice que este asunto le ha roto los esquemas, que a él le gustaba tener unos padres de los de toda la vida, que ese tipo de padres comprensivos y solidarios le han dado siempre grima, y se ve venir que sus padres están lanzados y el año que viene son capaces de venirse del pueblo a celebrar el Día del Orgullo Gay. Todo por mi culpa, dice.

Nuestro querido amigo, el hispanista Bill Sherzer, me escribe un *e-mail* recomendándome que explique en el último articulillo la diferencia entre realidad y ficción, que si hace falta recurra al *Quijote* para hacerme entender, porque dice nuestro amigo que él lleva muchos años dedicándole sus investigaciones a mi santo, buscando las conexiones entre su literatura y los clásicos, para que llegue yo y desbarate públicamente esa imagen elevada diciendo que a mi santo lo que verdaderamente le mola es Leslie Nielsen. «No te pido sólo respeto por él, te lo pido por mí». Y para colmo, un matrimonio de Barcelona me da las gracias por retratar el mundo tal como es, horrible, inhabitable. Completamente desalentada, voy al despacho de mi santo en busca de consuelo. ¿Cómo es posible, le digo, que nadie me haya entendido el mensaje? Treinta y un días esforzándome, hablando de mi vida, hablando de ti, de lo gracioso que eres, escribiendo sobre mis amigos, y nadie ha entendido nada... Mi santo me dice que a lo mejor es que no me he explicado bien, que a lo mejor todavía tengo un poquillo de dificultad entre lo que quiero contar y lo que luego cuento. Es terrible, le digo, nada de esto es lo que yo pretendía. Pero, ¿qué pretendías, corazón?, me dice mi santo. Bueno, tú sabes, le digo, que está siendo un verano deprimente, que abres el periódico y te encuentras cada pocos días un atentado, y luego lees todos esos artículos tan buenos, tan emocionantes, de Savater, de Ramoneda, de Patxo Unzueta, y ese tuyo sobre las víctimas... A mí me gustaría saber hacer eso, saber escribir y que mis palabras sirvieran para algo, pero no sé hacerlo, me quedo en esas otras cosas pequeñas de la vida. De lo que yo trataba de escribir este verano era, aunque a lo mejor no he sabido escribirlo y nadie se haya enterado, sencillamente de la felicidad.

Este libro se terminó de imprimir
en los talleres gráficos de Rógar, S. A.
(Navalcarnero, Madrid), el mes de marzo de 2001